ENTRE GLACE ET SERMENTS

GLACE ROUGE SANG
TOME 2

WILLOW FOX

SLOWBURN
PUBLISHING

Entre glace et serments

Glace rouge sang, Tome 2

Par Willow Fox

Publié par Slow Burn Publishing

© 2025

v2

Publié à l'origine sous le titre : Between Ice and Oaths

Traduction par Fanny C.

Couverture par Slow Burn Publishing

Cover Design by GetCovers

UN

HARPER

Dante récupère un dossier qui était posé sur ses genoux, caché sous la table. Il ouvre le dossier, dont le contenu me fixe droit dans les yeux.

L'air s'échappe de mes poumons tandis que je contemple l'acte de naissance.

Personne n'était censé savoir.

— Tu as omis de mentionner que tu avais un fils.

Je jette un coup d'œil à Luca. Ce n'est pas comme ça que je voulais qu'il l'apprenne. J'avais prévu de lui dire quand les choses deviendraient sérieuses entre nous.

Nous sommes passés de la planification de notre premier vrai rendez-vous à des fiançailles du jour au lendemain. C'est entièrement ma faute, d'une certaine façon. J'ai cru entendre les gémissements d'un chiot et j'ai suivi le son en pleine nuit.

Il s'avère que je me trompais.

Ce n'était pas un animal, mais un petit garçon de huit ans à peine, retenu prisonnier dans le sous-sol des Ricci.

À partir de là, j'ai commis l'erreur presque fatale d'essayer d'aider le petit à s'enfuir à pied, ce qui n'a fait que nous ramener tous les deux dans la cave et nous a presque coûté la vie.

Dante, le père de Luca, m'a offert une seule issue : tirer sur l'un de ses hommes qui l'avait trahi.

Je ne suis pas une meurtrière.

Je ne pourrais jamais faire de mal à quelqu'un, sauf peut-être en cas de légitime défense, ou je suppose si quelqu'un osait toucher à *mon* fils.

La fureur d'une mère est indéniable.

Dante voulait ma mort. Il a ordonné mon exécution. C'était hier soir.

Bien sûr, Luca est intervenu, mon chevalier en armure étincelante, en survêtement et t-shirt, insistant pour qu'on se marie, qu'il travaillerait pour son père, et que je serais protégée par la famille.

L'idée de me marier pour être protégée plutôt

que par amour me déplaît toujours, et plus encore de me marier dans *cette* famille, remplie de monstres et d'assassins.

Mais ma vie est en jeu, tout comme celle de Luca.

J'ai entendu l'ordre : Ashton Rinaldi était chargé de nous exécuter, Luca et moi, si nous ne suivons pas les directives.

Je ne peux pas dire que je suis déçue qu'Ashton ne soit pas à cette table ce soir. Il est parti tôt et est retourné à l'Université Evergreen.

J'aurais aimé pouvoir retourner sur le campus moi aussi, mais au lieu de cela, je suis forcée d'affronter les parents de Luca en chair et en os, ainsi que les parents de Nova, parce qu'ils travaillent en étroite collaboration avec les Ricci.

C'est comme une réunion de famille, et je suis servie comme le plat principal.

Le regard de Luca se durcit, et je peux voir la douleur que j'ai provoquée. Ses yeux gris tourbillonnent comme un ciel de décembre, chargé de nuages, avec des vents turbulents qui soufflent et une tempête hivernale qui se prépare.

— Tu as un fils ? fulmine-t-il, le choc évident sur son visage.

L'acte de naissance – un rappel du petit garçon que j'aime désespérément, pour qui je ferais n'importe quoi.

Je savais que ce jour viendrait. Je pensais simplement que ce serait moi qui expliquerais à Luca l'existence de mon fils.

Il mérite d'entendre la vérité de ma bouche.

— Oui, dis-je en hochant lentement la tête.

Admettre la vérité est le seul moyen de traverser cette épreuve, avec tous les regards posés sur moi, comme si j'étais la méchante de cette histoire.

Pendant ce temps, je suis assise à une table avec de véritables criminels, des hommes qui vivent et respirent pour la mafia.

— Il s'appelle Zeke, dis-je.

Mon cœur se remplit de chaleur rien qu'en pensant à mon fils. Je l'aime plus que tout, plus que quiconque. Être séparée de lui en ce moment me fait souffrir.

— Tu l'as confié à l'adoption ? demande Luca.

C'est une question légitime. Je n'ai jamais mentionné Zeke à Luca ou à qui que ce soit à Evergreen. Même ma meilleure amie, Kensley, ne sait rien de mon fils.

Même si je vis sur le campus grâce à ma bourse d'études, j'ai dû choisir entre mon éducation et élever mon fils à la maison avec mes parents et trouver un emploi directement après le lycée.

La décision a été prise pour moi.

Comme chaque décision depuis que je suis tombée enceinte. Je dois faire passer mon fils en premier, ma famille en premier, et moi-même en bonne deuxième, voire troisième position.

— Non, il vit avec mes parents, dis-je.

Luca repousse sa chaise de la table et se lève, puis s'éloigne d'un pas furieux.

— Luca !

— Laisse-le partir, grogne Dante. Nous n'avons pas terminé.

Je déteste le voir partir, d'autant plus en sachant qu'il souffre et que je suis la cause de sa douleur.

J'avais bien l'intention de le lui dire, mais ce n'est pas une conversation qui survient naturellement quand vous étudiez ensemble, en tant qu'amis.

Notre relation a à peine effleuré la surface.

Je dois laisser Luca évacuer sa colère. Quel autre choix ai-je en ce moment ?

Si je pouvais souhaiter qu'il revienne, s'assoie, m'écoute pendant que j'explique tout, ce serait tellement plus facile. Mais ses pas disparaissent sur le sol en marbre, et je ne peux plus l'entendre au loin.

Je reporte mon attention sur le père de Luca. Je fixe Dante d'un regard direct et je lui demande :

— Qu'est-ce que vous voulez savoir ?

Puisqu'il a déterré mon passé, il doit bien y avoir une raison pour laquelle il a décidé de l'exposer.

— Pour commencer, quand comptais-tu nous dire que tu as un enfant ? demande Nikki. Tu as l'intention d'épouser mon fils ; tu ne pensais pas que c'était une information importante que, au minimum, il aurait dû connaître ?

Sa voix s'élève, et je comprends pourquoi elle est contrariée.

Mais les fiançailles ne sont pas nées de l'amour ; elles sont nées du besoin et de la survie.

— Zeke ne vit pas avec moi.

— Évidemment, dit Dante, en levant les yeux au ciel. Tu vis sur le campus. Nous avons établi que Zeke vit avec tes parents. Est-ce qu'il croit que ce sont ses parents ? Tu as renoncé à tes droits parentaux en faveur de tes parents ?

C'est beaucoup de questions, et je tends la main vers mon verre d'eau, me sentant desséchée.

— Mes parents m'aident à élever Zeke.

— Il semble plutôt qu'ils l'élèvent à ta place, lance Dante.

C'est un coup de poing dans le ventre, et je

l'encaisse, parce que peut-être que je le mérite. Chaque jour où je ne suis pas avec Zeke, je me sens coupable.

— Mon éducation est importante pour mes deux parents. Ils veulent que je puisse m'occuper de Zeke par moi-même après l'obtention de mon diplôme.

— Donc, son père biologique n'est pas dans le tableau ? demande Nikki. L'acte de naissance ne mentionnait pas de père.

— *Il* a renoncé à ses droits paternels, dis-je. Il n'a aucune implication avec Zeke et n'en aura jamais.

Dante et Nikki échangent un regard. Je ne suis pas sûre de ce qu'ils pensent.

La table est momentanément silencieuse. Moreno et Paige sont assis plus loin, et Nova est assise à côté de moi, mais apparemment, je l'ai aussi laissée sans voix. Je suis contente que Moreno ne s'en mêle pas, mais en même temps, j'ai l'impression d'être laissée seule pour défendre mes actions, qui ne sont d'ailleurs pas leurs affaires.

Nova tend le bras vers moi et pose sa main sur mon bras. Son geste est réconfortant, mais ce n'est pas suffisant face à l'interrogatoire que me font subir les parents de Luca.

Dante jette un coup d'œil à l'acte de naissance.

— Selon sa date de naissance, ton fils est à peine plus qu'un bambin.

— Il a deux ans, dis-je en les regardant fixement.

— Quel genre de mère laisse son enfant et part étudier pendant quatre ans ?

La question de Dante est froide, et je ne peux m'empêcher de comprendre l'apparence que cela donne.

— Ma bourse exige que je vive sur le campus. J'ai essayé d'obtenir une exemption et j'ai même demandé à vivre sur le campus dans l'une des maisons ou l'un des appartements au lieu des dortoirs, mais on me l'a refusé parce que j'ai déposé ma demande trop tard et je n'avais pas les fonds supplémentaires pour couvrir les dépenses additionnelles pour la demande.

Ça, c'est ma faute, mais je n'avais pas non plus été informée de la bourse jusqu'à la dernière minute. Un secret que mes parents avaient gardé pendant qu'ils décidaient de mon avenir.

— Tu vis dans les dortoirs ; cela ne sera-t-il pas problématique une fois que toi et Luca serez mariés ? demande Nikki.

Je prends une autre gorgée d'eau et repose le verre.

— Nous n'avons pas exactement discuté des

conditions de logement. Les fiançailles datent seulement d'hier soir, dis-je en regardant Dante.

Je ne suis pas certaine de ce que Nikki sait de ce qui s'est passé. Luca semble croire qu'elle connaît toute l'histoire, mais je ne suis pas prête à la divulguer si ce n'est pas le cas.

— Étant donné les exigences de ta bourse, nous avons sécurisé une propriété plus adaptée pour vous tous, qui se trouve toujours sur le campus. À partir du premier lundi de janvier, la maison est à vous. Cela inclut une chambre pour Nova, dit Nikki en la regardant, ainsi que pour Ashton et Liam.

— Merci, dit Nova.

Ses yeux s'élargissent de plaisir.

— Nous allons vivre ensemble, dit-elle en me souriant.

J'aimerais être aussi excitée, mais savoir qu'Ashton sera sur place m'inquiète un peu. Après tout, il avait reçu l'ordre de tuer Luca et moi.

— Et cela n'aura pas de conséquences sur ma bourse ?

J'ai besoin de savoir que mon éducation se poursuivra. Je n'ai pas les moyens de payer quatre ans d'université.

— C'est considéré comme un logement sur le campus. Tu n'es pas la seule à avoir une bourse, dit

Nikki. Quant aux dépenses supplémentaires, Dante et moi les prendrons en charge, comme nous le faisons pour notre fils, nous le ferons pour notre fille nouvellement désignée.

Dante lance un regard furieux à Nikki, mécontent, mais il ne proteste pas à voix haute.

— Merci, c'est très généreux de votre part, dis-je.

Bien que je n'aie pas l'intention d'accepter leur argent, savoir que les arrangements ont déjà été pris est un énorme soulagement.

Je pourrai bientôt avoir Zeke avec moi.

— Et pour le mariage, vous exigez toujours que nous restions ici jusqu'à ce qu'il ait lieu ? C'est beaucoup demander, étant donné que Luca et moi avons cours lundi. Je ne peux pas manquer mes cours. Je dois maintenir mes notes pour conserver ma bourse.

Je devrai également trouver le temps de décrocher un emploi à temps partiel tout en élevant Zeke pour couvrir les dépenses supplémentaires, ce qui va réduire mon temps d'études.

Dire que je suis dépassée est un euphémisme, mais au moins j'ai retrouvé un peu d'espoir. Je ne voulais pas vivre dans les dortoirs.

Même si Nikki peut offrir de couvrir quelques frais concernant le logement, ce que je ne la laisserai pas faire, j'accepterai avec gratitude l'opportunité de quitter les dortoirs, loin de Quinn.

Mais je ne devrai rien à Nikki ou à Dante.

Ni maintenant. Ni jamais.

Dante et Nikki échangent un bref regard, puis elle se penche vers lui et lui murmure quelque chose. J'espère qu'elle est de mon côté. J'ai passé du temps avec elle, nous avons déjeuné ensemble, peut-être qu'elle peut faire entendre raison à son mari.

Nikki se recule brièvement et Dante me fusille du regard.

— Nous espérons que tu ne révéleras notre secret familial à personne, car cela mettrait ta famille, y compris ton fils, Zeke, en danger. Tu ne voudrais pas faire de mal à tous ceux qui te sont chers, n'est-ce pas ? menace Dante.

— Bien sûr que non, dit Nikki. C'est une fille intelligente. Elle sait que la famille passe avant tout. Cela dit, puisque nous pouvons vous procurer un logement en dehors des dortoirs, Zeke vivra-t-il avec vous, ou restera-t-il avec tes parents ?

Dante regarde Nikki.

— Peut-être est-ce quelque chose dont elle devrait discuter avec Luca d'abord.

— S'il vous plaît, dis-je en jetant un coup d'œil

par-dessus mon épaule dans la direction où il a disparu. Je veux lui parler et tout expliquer.

Me pardonnera-t-il ?

Et s'il ne le fait pas, qu'est-ce que cela signifie pour le mariage ?

Ses parents me feront-ils tuer, moi et ma famille, si nous ne nous marions pas ?

— Après le dîner, dit Dante alors que la nourriture est apportée à table.

Je jette un coup d'œil à la chaise vide à côté de moi.

Luca a-t-il l'intention de sauter le dîner ?

Je ne lui en voudrais pas. Si j'en avais l'occasion, je préférerais être cachée ailleurs.

D'un autre côté, si c'était moi, j'aurais filé d'ici avec la voiture. Luca avait prévu de me ramener au campus, mais maintenant, je ne sais pas ce qui nous attend.

Nova me donne un coup de coude en attrapant un petit pain.

— Ne t'inquiète pas, Luca va s'en remettre.

Il va s'en remettre. Je ne suis simplement pas sûre qu'il me pardonnera.

———

Le dîner est tendu, et je suis soulagée quand je peux enfin me lever de table sans être impolie ou réprimandée par son père.

— Tu veux que je trouve Luca pour toi ? demande Nova en se levant de table.

— Ce serait sympa.

Je ne veux pas errer sans but dans la maison. La dernière fois que j'ai fait ça, je me suis retrouvée dans cette situation, forcée d'épouser Luca.

Ce qui ne serait pas terrible si nous avions été en couple depuis quelques années.

Nous commencions tout juste à nous connaître, transformant une amitié naissante en quelque chose d'un peu plus passionné.

Maintenant, je crains que la chaleur ne soit entièrement dirigée contre moi, non pas sous forme de gestes romantiques, mais plutôt brûlée par sa colère.

Je les entends tous les deux avant de les voir tourner au coin.

Les yeux de Luca sont d'acier. Son expression est emplie de colère alors qu'il porte son sac et le mien.

— Allons-y, dit-il en se dirigeant vers la porte arrière où nos manteaux et chaussures nous attendent.

Je ne prends pas la peine d'échanger des

politesses avec sa famille. À quoi bon ? Je glisse mes pieds dans les talons que j'ai bêtement apportés, et j'enfile mon manteau, que je boutonne.

— Au revoir, crie-t-il par-dessus son épaule.

Nikki arrive en hâte dans le couloir et attrape son fils dans une étreinte. Elle m'en donne une aussi, mais c'est un peu plus forcé.

— Je te verrai le week-end prochain, Luca, dit-elle.

— Ouais, marmonne Luca avant d'ouvrir la porte et de sortir d'un pas décidé.

Je me dépêche de le suivre, deux pas derrière lui. Entre ses grandes enjambées et mes talons, je ne suis définitivement pas capable de suivre son rythme.

Il ne prend pas la peine de m'offrir son bras pour m'aider à garder l'équilibre. Le sol est mou après le récent dégel de la neige, et mon talon s'accroche dans la terre, me faisant perdre l'équilibre.

Je tombe, j'atterris sur lui, et je nous fais tous les deux tomber au sol.

Il jure alors qu'il s'écrase face contre terre dans l'herbe sans prévenir.

— Je suis désolée.

Je m'empresse de m'excuser, mais je ne pense pas que cela aidera. Je suis à moitié sur lui et je me recule tandis qu'il se met à genoux puis se lève.

Je ne suis qu'à moitié couverte de terre et d'herbe, alors que Luca est un peu plus sale. Mais il m'offre sa main pour m'aider à retrouver mon équilibre.

Une fois que je suis remise, fermement debout sur l'herbe, il époussette la saleté. Il a de la chance de ne pas être couvert de boue. Il y a des taches d'herbe, mais elles marquent son manteau et ses genoux, recouverts par son jean.

— Fais attention, dit-il en me saisissant le bras pour m'aider à parcourir le reste du chemin jusqu'à la voiture.

J'ai la nette impression qu'il m'aide pour que je ne l'écrase pas une seconde fois.

Alors que nous approchons de son véhicule devant la maison, il déverrouille la voiture et jette nos sacs sur la banquette arrière avant de monter côté conducteur.

Je me glisse sur le siège passager à l'avant, ferme la portière et attends qu'il me hurle dessus.

Mais il ne dit rien.

Du moins pas tout de suite.

Le silence est encore pire.

L'air est chargé de tension, et bien qu'il fasse frais dehors, la voiture semble être à quarante degrés. J'attache ma ceinture de sécurité, et il éteint la radio, puis il nous conduit vers les grilles en fer forgé.

Nous attendons que le garde nous autorise à sortir.

Lentement, ils ouvrent l'entrée et Luca écrase l'accélérateur en sortant de l'allée à toute vitesse.

Je reste silencieuse. Je ne sais pas quoi dire pour réparer les dégâts qui ont été causés.

Je peux entendre chaque respiration qu'il prend. Elles sont longues, prononcées, et accompagnées d'un soupir, comme s'il se battait intérieurement avec lui-même.

Après plusieurs minutes, je rassemble enfin le courage de dire quelque chose.

— Est-ce que je peux t'expliquer ?

Ma voix faiblit tandis que je me déplace sur mon siège.

Sa prise se resserre sur le volant, sa mâchoire tendue alors qu'il ne me regarde même pas.

— M'expliquer comment tu m'as menti. Bien sûr, vas-y.

Son ton est sec, sa colère commence à se manifester.

Je mérite la colère qu'il s'apprête à déverser sur moi. Je peux la sentir venir, prête à être libérée.

— Quand j'étais au lycée, je suis tombée enceinte.

Son regard vacille.

— Petit ami ou...

Il ne veut même pas prononcer le mot.

— Oui, c'était un terminale dans l'équipe de football du lycée, dis-je, comme si cela expliquait pourquoi je déteste le sport et évite les sportifs.

— Tu as couché avec lui et tu es tombée enceinte. J'ai compris.

C'est beaucoup plus compliqué que ça, mais il a raison, c'est ce qui s'est passé. Je pousse un doux soupir et penche la tête en arrière pour fixer le plafond de la voiture.

— Tu peux me détester autant que tu veux, Luca. Tu n'es même pas obligé de m'épouser, mais j'ai juste... j'ai besoin de savoir que Zeke sera en sécurité.

Il passe une main dans ses cheveux, frustré, puis frappe le volant du poing.

— Putain !

Je le regarde, silencieuse alors que je le vois s'effondrer à cause de moi.

— Je suis désolée, dis-je dans un murmure.

— Tu n'as pas le droit de t'excuser et de penser que tout sera réglé.

Il me lance un regard assassin puis reporte son attention sur la route. Luca change de position sur son siège et se gratte la mâchoire.

— Putain.

— Peut-être que je pourrais prendre Zeke et quitter la ville pendant un moment. Je ne dirai à personne pourquoi je pars. Le secret de ta famille sera en sécurité.

Il rit sombrement, et je sens les poils de mes bras se dresser, comme si de l'électricité vibrait dans l'air.

— Mon père ne te laissera jamais simplement fuir et disparaître, me prévient Luca. Il a des hommes partout.

— Et tu seras l'un d'eux, dis-je en baissant les yeux sur mes mains posées sur mes genoux.

Il n'y a pas de bague de fiançailles à mon doigt. Sa mère a parlé de nous acheter des alliances en cadeau si nous allons jusqu'au mariage.

— Ne me rappelle pas ce que je vais devenir.

La voix de Luca est rauque, alimentée par la haine.

— Je n'ai jamais voulu travailler pour Dante.

Il frappe à nouveau le volant, sa colère déborde.

— Je suis désolée.

— Et voilà que tu recommences à t'excuser.

Il ne me regarde même pas, mais peut-être

devrais-je en être reconnaissante. C'est mieux qu'il se concentre sur la route, pour nous ramener au campus en un seul morceau.

Le silence emplit à nouveau la voiture.

En y repensant, sa réticence à me voir assister à l'anniversaire de Nova prend tout son sens maintenant.

— Ce n'est pas uniquement de ma faute, dis-je en retrouvant ma force tandis que je le fusille du regard. Si tu m'avais dit que ton père était dans la mafia, je ne serais jamais venue.

— J'ai essayé de te prévenir ! crie-t-il, et je sens un frisson me parcourir.

Soudain, je n'ai plus chaud mais terriblement froid. Je tends la main vers la bouche d'aération et ajuste la température de mon côté de la voiture pour essayer de me réchauffer.

— Eh bien, tu aurais dû essayer plus fort, dis-je assez fort pour qu'il m'entende.

— Tu aurais dû me parler de Zeke !

Je le fusille du regard.

— Quand, Luca ? Quand aurait-il été opportun de te dire que j'ai un fils de deux ans ? Que je suis mère. Que ma vie après l'université est déjà toute tracée et que j'ai du mal à faire face chaque jour parce que mon enfant, qui devrait avoir besoin de moi, est pris en charge par mes parents.

— N'importe quand avant aujourd'hui, fulmine-t-il. On a eu des séances d'étude ensemble. Tu aurais pu mentionner Zeke à ce moment-là. Ou en cours ? Tu aurais pu me montrer une photo de ton fils sur ton téléphone. Bon sang, j'ai même enregistré mon numéro dans ton téléphone ; il n'était même pas en fond d'écran. C'est comme si tu essayais de le cacher.

— Ce n'est pas juste.

Je secoue la tête, mais peut-être qu'une petite partie de moi lui donne raison.

J'ai effectivement caché Zeke à tout le monde.

Kensley, ma meilleure amie à Evergreen, ne sait rien de mon fils.

Ma colocataire insupportable, Quinn ; je ne lui aurais évidemment rien dit.

C'est un secret que j'ai gardé, non pas pour le protéger, mais pour me protéger moi-même.

Parce que croire que je pouvais avoir une vie universitaire normale était plus facile que d'affronter la réalité : je suis une mère adolescente.

Le pire dans tout ça, c'était de le laisser derrière.

— Je ne voulais même pas venir ici, dis-je en regardant par la fenêtre.

— Alors pourquoi diable es-tu venue à l'anniversaire de Nova ? Je t'avais dit de *ne pas* venir.

Il est en colère contre moi. Je ne suis pas sûre qu'il me pardonnera un jour.

— Je ne parlais pas de la fête. Je parlais de l'Université Evergreen, dis-je.

Il reste silencieux. C'est la première fois depuis un moment que j'ai l'impression qu'il me laisse parler, ou peut-être a-t-il simplement décidé qu'il se moque de ce que je dis, qu'il restera fâché contre moi pour toujours.

— Cette bourse, Luca, elle m'obligeait à vivre sur le campus. Je voulais faire le trajet quotidiennement pour pouvoir aller à l'université pendant la journée, puis rentrer à la maison pour être avec Zeke autant que possible.

Il change de position mais ne dit rien.

Je sais qu'il écoute, même quand il fait semblant de ne pas prêter attention. Ses muscles se contractent et ondulent tandis que je parle. La tension le traverse, incapable de se libérer.

— Mes parents ont décidé pour moi que je viendrais ici faire des études. Ils ne pouvaient pas se permettre de payer mes frais de scolarité sans la bourse. C'était soit l'un, soit l'autre : étudier à temps plein et vivre sur le campus, ou rester à la maison, trouver un emploi et renoncer au diplôme universitaire.

— Ne rejette pas la faute sur tes parents.

Luca me lance un regard noir avant de reporter son attention sur la route.

La nuit tombe dehors, et le trajet de retour vers le campus n'emprunte pas des routes très fréquentées.

— J'assume l'entière responsabilité de ne pas t'avoir parlé de Zeke, dis-je, précisant que je ne les blâme pas.

J'essayais simplement d'expliquer pourquoi il ne vit pas avec moi et que je suis dans les dortoirs.

Il souffle entre ses dents, m'ignorant une fois de plus.

Le silence remplit la voiture. Il tend la main vers la radio et décide tout seul que notre conversation est terminée.

Alors qu'il se gare devant les dortoirs du campus, il me regarde à peine. Il se penche vers la banquette arrière et récupère mon sac, qu'il me tend.

Je sors du véhicule, je prends mon sac de ses mains et mes doigts effleurent brièvement les siens. Je le fixe, mais il refuse de croiser mon regard.

Je suppose que nous n'irons pas à ce rendez-vous demain s'il ne veut même pas me regarder, et encore moins me parler.

— Bonne chance pour ton entraînement.

Je me souviens qu'il a dit à ses parents qu'il avait un entraînement de hockey demain.

— On se voit en cours, dit-il, et j'ai l'impression que nous venons de rompre après une énorme dispute.

Sauf que nous ne sortions pas ensemble.

Techniquement, nous ne sommes rien, et pourtant nous sommes fiancés.

DEUX

ASHTON

Quelle connerie monumentale. Ce qui devait être une fête pour l'anniversaire de Nova s'est transformé en moi recevant l'ordre d'abattre mon meilleur ami et coéquipier, ainsi que sa *fausse* petite amie.

Je m'allonge sur le canapé, je m'étire, et je prends une gorgée de ma bière.

J'ai besoin de quelque chose pour me changer les idées après ce qui s'est passé ce week-end. Heureusement, j'ai pu me tirer avant leur petit dîner familial.

Je ne voulais absolument pas être impliqué dans la dynamique des dîners Ricci. Pas besoin d'être un génie pour voir que l'enfer allait se déchaîner sur Luca et Harper.

En fait, j'aime bien Luca. En tant qu'ami, il est de bonne compagnie et loyal, et en tant que colocataire, il garde ses affaires en ordre. En tant que coéquipier, je sais que je peux compter sur lui sur la glace.

Mais quand son père m'a donné l'ordre de tuer mon ami si Luca ne tuait pas Harper, c'était vraiment un scénario complètement tordu.

Je l'aurais fait, parce que mon vieux, Aurelio, et Dante sont amis, mais je ne suis pas ravi de ce qu'on m'a demandé.

Luca devrait rentrer bientôt, en supposant que son père ne l'ait pas assassiné, sans exagérer.

Je fais défiler les chaînes sur notre application de streaming tout en sirotant ma bière.

C'est samedi soir, il se fait tard, mais je devrais être à une fête, pas en train de rejouer les événements de la journée dans ma tête.

Quel merdier.

La porte d'entrée grince en s'ouvrant, et je jette un coup d'œil par-dessus mon épaule.

Il s'avère que Luca Ricci est toujours en vie.

— On dirait que je ne vais pas prendre ta place sur la glace.

— Du sarcasme, c'est mignon, mais je ne suis pas d'humeur.

La voix de Luca empeste l'agacement et la colère.

Il est généralement si posé, sauf quand il s'agit de Harper McKenna.

Je me redresse sur le canapé, balance mes jambes sur le côté et lui jette un regard intrigué.

— Tes fiançailles ne se déroulent pas comme prévu ?

Je souris narquoisement, sachant que ça va l'énerver. Je peux sentir la rage qui bouillonne en lui.

— Pas grâce à toi, grogne Luca en jetant son sac de sport au sol.

Il y laisse également tomber son manteau et ses chaussures.

D'habitude, il est un peu plus ordonné, mais je me contente de prendre une autre gorgée de ma bière et je l'observe avec prudence.

— Le dîner s'est bien passé, je suppose.

Il me fait un doigt d'honneur et fonce dans la cuisine, allumant l'interrupteur au mur. Il ouvre et ferme le frigo à plusieurs reprises avant de faire un vacarme avec les casseroles et les poêles.

Ça me donne mal à la tête.

Je lui crie dessus en me levant du canapé :

— Quel est ton putain de problème ?

Merde. Je commençais tout juste à être à l'aise.

— C'est toi mon problème, fulmine Luca en lâchant la casserole en métal sur la cuisinière. Elle aussi est mon problème.

Apparemment, il a une liste de ceux qui l'ont offensé.

Je ne suis pas surpris d'en faire partie, surtout après la merde qui s'est passée hier soir.

— Tu ne vas pas l'épouser ?

Je suis presque soulagé. Je détesterais le voir gâcher sa vie pour une fille qu'il connaît à peine. Je ne peux m'empêcher de sourire en sirotant ma bière tout en observant sa frustration se décharger sur nos ustensiles de cuisine.

— Ça te plairait bien, n'est-ce pas ? grogne Luca en se précipitant vers moi. Tu la dévores des yeux depuis le début du semestre, et tu n'arrêtes pas d'essayer d'attirer son attention.

Même si j'ai eu un petit béguin pour Harper quand je l'ai rencontrée, j'ai vite compris que Luca en était *dingue*, et sa jalousie maladive n'allait pas arranger notre amitié ou l'équipe.

Mon père m'a toujours appris à mettre l'équipe en premier, ou peut-être parlait-il de la mafia, mais pour moi ces mots sont interchangeables. Les deux représentent le sang, la famille. Cela dit, j'ai quand même pointé une arme sur Luca hier soir.

Pas étonnant qu'il soit furieux.

— Crois-moi, ce n'est pas moi qui suis intéressé à l'épouser, dis-je.

Il rit sombrement.

— Ce n'est pas ce que tu as dit quand tu l'as rencontrée, me rappelle-t-il, faisant référence à mes paroles où j'avais juré avoir trouvé la fille que j'épouserais.

— Eh bien, je me suis trompé. Elle n'a clairement d'yeux que pour toi. Je ne vais pas me battre contre ça, dis-je.

S'il cherche la bagarre, il ne l'obtiendra pas de moi.

Il jette une demi-douzaine d'ingrédients dans la poêle, principalement des légumes et du poulet, et surveille la cuisson.

— Qu'est-ce qui t'arrive ?

— Sérieusement ?

Son regard se pose sur moi.

— Tu étais prêt à suivre les ordres de mon père sans même considérer notre amitié.

— Ne le prends pas personnellement, mon père et le tien sont amis. Je vais diriger l'entreprise un jour, c'est juste… un ordre.

— Me tuer n'est qu'un putain d'ordre ? hurle Luca, les yeux écarquillés, et je ne suis pas sûr qu'il ne finisse pas par me balancer la poêle à la figure.

Au moins, la nourriture n'est pas encore bouillante. Pour la poêle, par contre, je n'en suis pas si certain. Je recule d'un pas.

Je vois la rage de son père en lui.

— Tu feras un bon chef, dis-je en espérant apaiser la tension.

— Je ne veux pas être un putain de chef !

Luca saisit le couteau le plus proche sur le comptoir et le lance vers moi.

Je me baisse juste à temps alors qu'il siffle au-dessus de ma tête et se plante dans le mur. Il m'aurait crevé un œil ou peut-être transpercé le front. Pas si mauvais viseur.

Je plaisante pour essayer de détendre l'atmosphère :

— Je crois qu'on ne récupérera pas notre caution.

Avant d'entendre sa réponse, je recule hors de la cuisine, je ne veux pas attendre qu'un deuxième couteau fuse.

— Connard, dis-je dans un murmure.

— J'ai entendu ! me crie Luca.

— Tant mieux, c'était fait pour.

Je m'effondre sur le canapé et j'essaye de me

détendre à nouveau, mais cela semble presque impossible quand mon téléphone sonne. Je ne reconnais pas le numéro, alors j'envoie l'appel sur la messagerie.

Une seconde plus tard, il vibre avec un message du même numéro inconnu.

C'est Dante. Décroche ce foutu téléphone.

Pourquoi diable le père de Luca m'appelle-t-il et m'envoie-t-il des messages ? Je jette un coup d'œil à Luca, qui est toujours occupé dans la cuisine, et je décide de prendre l'appel dans ma chambre.

Mon portable sonne à nouveau, et cette fois, je réponds juste au moment où j'entre dans ma chambre, après avoir fermé la porte derrière moi.

— Oui, monsieur. Que puis-je faire pour vous ?

TROIS

HARPER

Je me dirige vers le bâtiment et croise Kensley en chemin vers le cours d'économie. Nous n'avons pas de cours en commun ce semestre, mais nous déjeunons ensemble presque tous les après-midis.

— Tu ne réponds pas à mes messages, dit Kensley avec un regard faussement accusateur.

Je fouille dans ma poche et jette un coup d'œil à mon téléphone.

— Tu ne m'as rien envoyé.

Je lui montre mon téléphone et l'absence de messages de sa part.

Elle me l'arrache des mains et s'arrête dehors. Elle doit partir vers l'est puisque nous allons dans des bâtiments différents.

— Bizarre. Tu devrais peut-être redémarrer ton téléphone.

Ça fait un moment que je n'ai pas redémarré mon téléphone.

— Je vais essayer ça, dis-je en l'éteignant avant de le glisser dans ma poche.

— On se retrouve pour déjeuner plus tard. Même heure ? demande-t-elle, comme si je l'avais évitée, ce qui n'est pas le cas.

Cela dit, je ne lui ai pas non plus écrit ce week-end. J'étais occupée à gérer les conséquences de la fête d'anniversaire de Nova.

Dimanche, je n'ai rien fait d'autre qu'essayer de ne pas paniquer quand j'ai appelé mes parents sans même avoir assez de courage pour leur dire que j'avais un petit ami *fictif*, encore moins un fiancé.

Comment vais-je annoncer à Kensley que je suis fiancée ?

Elle n'y croira jamais. Elle me fréquente depuis assez longtemps pour voir que Luca et moi ne sommes pas constamment en train de nous bécoter.

Un mariage serait complètement insensé.

— Bien sûr, déjeuner plus tard.

Je force un sourire. J'ai tant de choses que je veux lui dire, mais je ne sais pas comment. La dernière chose que je souhaite, c'est de mettre sa vie en danger aussi.

Je passe les lourdes portes en bois et j'entre dans l'amphithéâtre. Aucun signe de Luca. Même s'il arrive généralement après moi et choisit de s'asseoir à côté de moi.

Quelque chose me dit qu'il va choisir une place différente aujourd'hui.

Je m'assieds à ma place habituelle, j'ouvre mon ordinateur portable et j'ouvre mes notes les plus récentes pour réviser les leçons. La plupart du contenu n'a que très peu de sens quand je n'ai pas Luca pour m'aider à démêler les informations.

C'est un bon professeur.

Et un très bon ami.

Mais il ne se présente pas en cours. Je prends mon téléphone, le rallume et envoie un message à Luca.

Où es-tu ?

Je vois qu'il a lu mon message, mais il ne répond pas.

Et il ne vient pas non plus en cours. Est-ce qu'il m'évite, ou y a-t-il autre chose qui ne va pas ?

Après le cours, je marche seule vers mon prochain cours de l'autre côté du campus. Je déteste admettre à quel point je me sens seule sans Luca qui marche avec moi. Ça m'aidait toujours à faire passer le temps, et il est vraiment de bonne compagnie.

Au moins, le cours passe vite, et contrairement à l'économie où je suis nulle, le cours d'anglais est facile pour moi. Une fois terminé, je fais un détour pour déjeuner avec Kensley et je récupère mon téléphone dans mon sac.

Toujours pas de messages de Luca. Il n'y a pas non plus de messages de Kensley, ce qui est bizarre.

— Je nous ai gardé une table, dit-elle en me faisant signe.

Elle a déjà pris un sandwich. Je dépose mon sac à dos et me mets dans la file pour en prendre un aussi.

Ashton se précipite derrière moi et s'assure d'arriver avant que quelqu'un d'autre ne prenne la place juste à côté de moi.

— Salut, l'inconnue, dit-il avec un sourire en coin.

Je le toise, ne sachant pas du tout ce qu'il fait.

— Je prends juste mon déjeuner, dit-il, reconnaissant clairement ma suspicion.

— Luca n'était pas en cours aujourd'hui. Tout va bien ?

Je commande un sandwich et j'attends que la fille derrière le comptoir me le prépare.

— Je ne sais pas. Il m'a lancé un couteau l'autre

jour. Dimanche, il ne m'a pas adressé un mot pendant l'entraînement. Vous deux, ça va ? demande Ashton.

Je ne l'ai jamais connu pour s'enquérir de Luca et moi. Après ce qui s'est passé samedi chez les Ricci, j'hésite à partager grand-chose. Mais il sait ce qui se passe, et puisque je ne peux pas le dire à Kensley, peut-être que me confier à lui est la meilleure option ?

— Je ne crois pas, dis-je.

Je prends un paquet de chips et attends qu'Ashton ait son sandwich avant que nous nous dirigions tous les deux vers la caisse pour payer.

— Tu remets en question tes choix ? me demande Ashton.

J'ouvre la bouche mais la referme. Je ne suis pas sûre de ce qu'il veut dire, mais je ne lui fais pas entièrement confiance. Pas après ce qui s'est passé pendant le week-end.

— Disons que Luca et moi ne nous parlons pas.

Ashton et moi payons nos repas, et il m'accompagne jusqu'à la table que Kensley nous garde.

— Pourquoi toi et Luca ne vous parlez plus ? insiste Ashton, attendant ma réponse.

Il est clairement en train de pêcher des

informations. Je ne suis simplement pas sûre de pourquoi.

Est-ce par simple curiosité ou quelque chose de plus sinistre ?

Je m'assieds à la table, et il décide de nous rejoindre, sans invitation.

— Je suis Ashton, dit-il en posant son plateau puis en tendant sa main pour se présenter correctement.

Kensley est déjà en train de dévorer son sandwich. Elle le repose, puis s'essuie les mains sur sa serviette avant de serrer la main d'Ashton.

— Kensley, dit-elle. Désolée, tu m'as totalement prise au dépourvu. Je ne m'attendais pas à rencontrer de nouveaux amis. Mais c'est cool.

Les yeux de Kensley sont grands ouverts, et elle essaie de comprendre ce qui se passe.

— Kensley et moi nous sommes rencontrées la première semaine sur le campus, dis-je. Je connais Ashton par Luca. Ils sont colocataires.

— Je t'ai rencontrée en premier, dit Ashton avec un sourire narquois.

Il a tort. J'ai rencontré Luca en premier, mais techniquement, Ashton m'a invitée à sortir en premier. Je ne le lui dis pas, ce n'est pas quelque chose qu'il a besoin de savoir. De plus, ça me retomberait probablement dessus avec Luca.

— Tu es en train de flirter avec moi ? dis-je pour essayer de désamorcer peu importe ce qu'il prépare.

Ashton se tortille rapidement sur son siège, mal à l'aise.

— Non, répond-il en tournant son attention vers Kensley, comme si je venais de l'insulter.

— Alors, comment s'est passé ton week-end ? demande Kensley. Tu ne m'as jamais appelée pour me dire comment s'est passé ce rendez-vous avec Luca.

— Ça ne s'est pas fait, dis-je en baissant les yeux vers ma nourriture, comme si c'était la chose la plus intéressante au monde.

Je prends une bouchée en espérant que Kensley n'en demandera pas plus.

Je n'ai pas cette chance.

— L'entraînement de hockey s'est mis en travers ? demande-t-elle.

— Non, c'est moi, dis-je en jetant un coup d'œil à Ashton.

Luca et moi n'avons pas parlé depuis samedi soir quand il m'a déposée devant les dortoirs.

— Luca m'ignore complètement, dis-je.

Kensley fronce les sourcils.

— Qu'est-ce que tu as fait ? demande-t-elle en se penchant en avant, complètement absorbée par ma vie amoureuse inexistante.

Ashton m'observe, et c'est ce regard qui en dit plus que n'importe quels mots. Il attend de voir si je vais craquer et révéler la vérité sur la famille Ricci.

Je ne le ferai pas. De toute façon, je me fiche qu'ils soient de la mafia. Ce n'est guère une nouvelle. L'histoire plus importante est qu'ils ont kidnappé un petit garçon, et j'ai passé toute la journée de dimanche à essayer de découvrir qui est cet enfant, mais je n'ai rien trouvé – jusqu'à ce que je voie les informations à la télévision.

Une explosion a détruit la maison d'un homme d'affaires important et de sa famille, y compris, apparemment, son fils et ses parents. Leurs photos ont été diffusées partout dans les actualités, et il y avait une photographie du petit garçon.

Manifestement, le garçon n'est pas mort, et même si j'avais un nom, que faire ensuite ? Tout ce que je ferais serait de me faire tuer.

Mon plan avait été de parler à Luca à ce sujet quand je le verrais, de lui faire poser des questions à son père lors de sa visite le week-end prochain, et peut-être que nous pourrions trouver un moyen de nous assurer que l'enfant est en sécurité et libre.

— Harper ?

Kensley prononce mon nom et claque des doigts devant mon visage quand je ne lui réponds pas assez vite.

— Qu'est-ce que tu as fait qui a contrarié Luca ?

— Je lui ai caché quelque chose, dis-je dans un murmure.

Kensley regarde de moi à Ashton.

— Je suis sûre qu'Ashton peut parler à Luca. Je veux dire, tu as dit que tu es colocataire avec lui.

Kensley demande pour moi, ce qui est gentil, mais elle n'a aucune idée de la profondeur de cette histoire et que parler ne va pas résoudre le problème plus grand.

Elle n'est même pas au courant du tableau d'ensemble, à savoir que nous devons nous marier, et bientôt.

Je ne peux pas mentir à Kensley, donc ne pas mentionner le mariage semble le meilleur choix.

— Eh bien, je suis sûre que quoi que ce soit, il va s'en remettre. Sinon, il y a d'autres mecs à Evergreen, dit Kensley. Je veux dire, je suis sûre que ton colocataire est un type formidable et tout, mais s'il n'est pas du genre à pardonner, alors peut-être qu'Ashton peut t'aider à rencontrer un autre mec génial. Je suis sûre qu'il connaît beaucoup de joueurs de hockey.

— Je ne sortirai pas avec un autre athlète, dis-je en levant la main pour l'arrêter. Je ne sortirai avec personne d'autre.

— Ok, alors ce sera le célibat. Je peux te procurer un lapin vibrant, dit Kensley, et je ne suis pas sûre si elle plaisante.

— Non merci, ça ira.

— Oh, tu as reçu ces textos au final ? me demande à nouveau Kensley.

Je lui montre mon téléphone.

— Rien du tout.

Il n'y a ni messages manqués ni même de messages précédemment lus de sa part.

— C'est bizarre, dit Kensley.

Elle me montre son téléphone, et tous les textos sont arrivés samedi matin et ils apparaissent comme étant *lus*.

— Je n'avais pas mon téléphone avec moi quand tu as envoyé ces messages, dis-je, remarquant l'heure et les accusés de lecture sur son téléphone.

Ils sont tous arrivés quand j'étais sortie déjeuner avec Nikki et que j'avais accidentellement oublié mon téléphone.

Est-ce que Luca a lu mes messages ?

Ou était-ce Dante ?

Ces messages ne contiennent rien qui pourrait déclencher des alarmes ou même révéler que Luca et moi n'avons pas encore eu de véritable rendez-vous.

Mais cette invasion de ma vie privée me pèse lourdement sur l'estomac.

— On dirait que quelqu'un a lu et effacé mes textos. Tu sais quelque chose à ce sujet ?

Je fixe Ashton, le suppliant silencieusement de tout me dire. Il était à la maison avec Luca. Il doit forcément savoir quelque chose.

— Non, répond Ashton en haussant les épaules avec désinvolture.

Pourquoi m'attendais-je à ce qu'il soit utile ?

Nous terminons le déjeuner et Kensley attrape son sac à dos et me jette un regard par-dessus son épaule alors que nous nous dirigeons vers l'extérieur.

— Tu viens ce soir. On pourra jouer à quelques jeux après le dîner.

Ce n'est pas vraiment une question, elle veut qu'on passe du temps ensemble, et je l'ai négligée tout le week-end.

— C'est un rencard.

Ashton est juste à côté de moi, et il se penche

pour me chuchoter :

— Ne laisse pas Luca t'entendre dire ça ; il sera définitivement jaloux.

Je fusille Ashton du regard.

— Tu n'as pas autre chose à faire ?

— Ne sois pas grossière ! dit Kensley en pinçant les lèvres. Tu es le bienvenu si tu veux te joindre à nous. J'ai vraiment envie de jouer à D&D si Harper accepte d'être maître du donjon, et le jeu n'est pas amusant avec seulement deux personnes.

Kensley me lance ce regard, comme si elle me suppliait.

— On a vraiment besoin d'être trois ou quatre pour que ce soit amusant, lui dis-je.

— Je ne serais jamais pris mort en train de jouer à *ce* jeu, grommelle Ashton. J'ai une réputation à préserver, mais vous pourriez venir chez nous ce soir et on trouvera un autre jeu auquel jouer.

Je lève les yeux vers lui, pas certaine de ce qu'il insinue. Je sais qu'Ashton est un dragueur, et s'il suggère un jeu sexuel pervers avec Kensley ou moi, je lui botterai les couilles.

— Nous avons Catan, Dominion, plein d'autres jeux qui ne sont pas des jeux de fête. Je déteste ces jeux de cartes pourris, marmonne-t-il.

— Probablement parce que tu es mauvais, réplique Kensley.

Je ne peux m'empêcher de rire, savourant le fait qu'elle s'en prenne à Ashton.

— Je dois aller en cours, dit Kensley. Mais envoie-moi l'adresse par texto et on pourra tous se retrouver ce soir, ça marche.

Mon estomac fait des saltos à l'idée de passer du temps chez Ashton.

— Luca sera là ?

Il ne veut pas me voir. C'est du moins ce que je peux supposer, étant donné qu'il ne répond pas à mes messages et qu'il n'est pas venu en cours.

Il m'évite.

Ce serait peut-être bien de le voir, d'essayer de lui parler et de clarifier les choses. Si ce n'est pas pour moi, alors pour Zeke.

Ashton hausse les épaules.

— Je ne suis pas sa baby-sitter. Vous venez ou pas ?

— Tu n'as pas entraînement ce soir ?

— On se retrouve au gymnase dans une heure, mais après le dîner, on est libres. Venez vers dix-neuf heures.

— On sera là, accepte Kensley avant de se dépêcher d'aller en cours.

Je jette un coup d'œil à Ashton, me mordant les lèvres tandis que nous marchons. Je retourne aux dortoirs pour étudier, je ne suis pas sûre où il se dirige, mais il me suit.

— Quoi ? demande-t-il, sentant que j'ai quelque chose à dire.

— Tu ne vas vraiment pas me dire comment va Luca ?

Ashton soupire profondément et regarde autour de lui. Il n'y a que nous deux sur le trottoir, personne à portée d'écoute si c'est ce qui l'inquiète.

— Je ne suis pas sûr de ce qu'il y a à dire. Il est furieux comme pas possible.

— Contre moi, dis-je, sans vraiment poser la question.

— Contre toi, contre l'univers. Il n'est pas non plus trop fan de moi en ce moment, il s'avère. Il a lancé un couteau dans ma direction quand il est rentré samedi.

— Putain de merde.

Mon souffle se bloque dans ma gorge alors que je m'arrête de marcher et le regarde.

— Tu vas bien ?

Ashton rayonne.

— Je vais bien. Je sais comment esquiver. Lui, par contre, ne va clairement pas bien. Vous deux devez régler vos problèmes. Tu as parlé à tes parents ?

Sa question me prend au dépourvu, et je m'éloigne pour continuer vers les dortoirs.

Ashton fait deux pas rapides pour me rattraper.

— Pourquoi tu me poses cette question à propos de mes parents ?

Des frissons me parcourent l'échine, et bien qu'il fasse frais dehors et que la légère brise chatouille ma peau, cette sensation s'infiltre sous ma veste.

— C'est de notoriété publique depuis le week-end que tu amènes tes parents rencontrer les siens. Vous avez un mariage à organiser, après tout, dit-il en me donnant un coup de coude.

— Va te faire foutre.

J'accélère le pas, les résidences universitaires apparaissent au loin.

Pourquoi me suit-il encore ? Son logement est dans la direction opposée, et il n'a aucune raison d'avoir garé sa voiture jusqu'ici, en supposant qu'il en ait une. Je ne l'ai jamais vu conduire.

— J'essaie de t'aider, dit Ashton.

Il est plus grand que moi, ses longues jambes lui permettent facilement de suivre et de s'adapter à mon rythme.

Ça craint d'être de taille moyenne en ce moment.

Je ne m'en suis jamais vraiment souciée, mais c'est agaçant de voir avec quelle facilité il marche à côté de moi alors que j'ai l'impression de devoir presque courir pour m'échapper.

— Je n'ai pas besoin de ton aide.

— Très bien, dit Ashton en s'arrêtant.

Est-ce qu'il abandonne enfin ?

— À ce soir ! me crie-t-il tandis que je continue à me précipiter vers les résidences.

Je lui crie en retour :

— Ouais, d'accord, si tu le dis !

Il a raison, cependant, du moins concernant mes parents. Je dois effectivement les contacter, et pas juste pour une petite conversation amicale.

Mais comment vais-je leur annoncer mes fiançailles alors qu'ils ne connaissent même pas Luca ?

Ils vont être tellement en colère et tellement déçus.

Peut-être que je devrais attendre pour leur parler du mariage à venir et m'en tenir aux bases, du moins aussi longtemps que possible. Si je peux leur faire comprendre que Luca est un type bien, en supposant qu'il accepte de jouer le jeu, nous pourrons avoir un agréable dîner de famille avec nos deux familles.

À qui est-ce que j'essaie de faire croire ça ?

Un agréable dîner de famille n'impliquerait pas la mafia.

––––––

Kensley et moi nous dirigeons vers l'appartement de Luca et Ashton pour la soirée jeux. Kensley porte un sac sur l'épaule rempli de jeux.

Je me sens mal préparée, car je n'ai rien apporté. Ce n'est pas comme si j'avais une pile de jeux de société dans ma chambre d'étudiante, mais apparemment, Kensley en garde sous son lit.

Je frappe à la porte d'entrée, attendant qu'Ashton nous laisse entrer.

Je frissonne et je remets mes mains dans mes poches pour me réchauffer.

Luca ouvre brusquement la porte, nous lance un regard furieux, puis nous la claque au nez.

— Quel crétin ! crie Kensley.

On entend des voix qui s'élèvent de l'autre côté. De toute évidence, Ashton et Luca se disputent, probablement à mon sujet.

Quelques secondes plus tard, Ashton ouvre la porte d'un coup sec et s'écarte.

— Désolé pour ça. Mon colocataire s'est levé du mauvais côté du lit cette semaine.

Luca me fixe avec colère, puis regarde Ashton.

— Qu'est-ce qui se passe ? demande Luca, remarquant que ce n'est pas seulement moi qui arrive, mais aussi Kensley.

— Soirée jeux ! répond Kensley en souriant.

Elle lève son sac rempli de jeux de société. Je jure qu'elle essaie d'aider à détendre l'atmosphère. C'est une bonne amie, je dois le reconnaître. Et elle ne sait même pas pourquoi les choses sont si tendues en ce moment entre Luca et moi.

— Tu l'as invitée, *elle* ? gémit Luca en me désignant.

Ashton nous fait signe d'entrer dans le salon, et pendant tout ce temps, Luca le fixe, ne cachant même pas sa désapprobation.

— Je vais te tuer, murmure-t-il entre ses dents.

— J'en doute.

Ashton arbore un sourire un peu trop audacieux, et Luca se jette sur lui pour l'attraper par les revers de sa chemise.

— Je vais te faire ta fête, Ash, grogne Luca.

Ashton ne riposte pas. Ils se chamaillent, aucun coup n'est lancé, du moins pas encore, mais Ashton projette Luca au sol et Luca l'entraîne dans sa chute.

Je crie vers ces deux idiots sur le sol :

— Ça suffit !

Luca grommelle et relâche son emprise sur Ashton, puis il se relève et recule d'un pas. Il passe une main dans ses cheveux, et je peux voir le brouillard de confusion dans son regard, comme s'il n'était pas sûr de ce qui vient de le pousser à attaquer son ami.

— Kensley, est-ce que toi et Ashton pouvez préparer un jeu ? dis-je tout en attrapant le bras de Luca pour l'entraîner dans le couloir.

— Lâche-moi, grommelle Luca.

Il se dégage de ma prise, mais il obtempère et me conduit dans sa chambre.

J'entre en premier, lui juste derrière, puis il claque la porte et les murs tremblent.

QUATRE

LUCA

Putain, pourquoi Kensley et Harper se sont pointées ce soir ?

Les pensées qui tourbillonnent dans ma tête me remplissent d'une rage incontrôlable. Est-ce qu'elle traîne avec Ashton ?

Depuis combien de temps ?

C'est évident que c'est *lui* qui l'a invitée avec son amie.

— Qu'est-ce que tu fais à traîner avec *lui* ?

Je lutte pour ne pas hurler sur Harper, alors que c'est tout ce que j'ai envie de faire.

Lui crier dessus.

Exiger qu'elle me dise pourquoi elle m'a menti.

Et la forcer à confesser tous ses secrets, parce que si elle m'a caché Zeke, que me cache-t-elle d'autre ?

— Depuis combien de temps vous couchez ensemble, toi et Ashton ?

Elle ricane et recule, mais son dos est contre la porte. Elle n'a nulle part où aller, nulle part où s'enfuir. Même si elle essayait, on la retrouverait. La mafia ne la laissera pas s'échapper après tout ce qu'elle a vu.

Elle représente un risque.

Et les problèmes, on les élimine.

— Je ne couche pas avec ton ami, dit Harper.

Je m'approche et je plonge dans son regard assombri pour essayer de déceler si elle me ment.

Mais je ne suis pas un interrogateur.

Je n'ai même pas pu voir quand elle me cachait la vérité sur Zeke. Comment diable vais-je travailler pour la mafia si je ne peux pas distinguer les secrets de la vérité ?

Ma main caresse sa joue, puis tourne son menton vers moi alors que je la dévisage.

— Prouve-le-moi, dis-je avec rage.

Son front se plisse tandis qu'elle réfléchit à sa réponse.

— Je ne peux pas. C'est impossible.

La chaleur entre nous remplit le petit espace, et mon cœur bat follement dans ma poitrine.

Je n'embrasserai pas Harper McKenna.

Ses lèvres sont pulpeuses et épaisses. Un doux souffle s'en échappe, et je me penche, réduisant la distance de moitié, mais j'attends, et comme un élastique, je suis ramené à la réalité.

— Tu m'as menti. Comment suis-je censé te croire maintenant ?

Une main caresse sa joue, l'autre la piège contre la porte, l'empêchant d'aller où que ce soit.

— La confiance va dans les deux sens, Luca.

Sa voix est douce, chargée de chaleur. Elle soutient mon regard, sans me craindre.

Elle devrait avoir peur.

Je suis le fils de Dante Ricci.

Ses mains sont sur ma taille, son toucher est ferme mais doux tandis que ses doigts effleurent le bord de ma chemise. Elle crée un feu qui grandit en moi, et je la désire terriblement.

— Je sais que tu me détestes, dit Harper. Je peux vivre avec ça, mais tu condamnerais mon fils à mort ?

Je recule.

Son fils.

Zeke.

J'ai besoin d'espace pour respirer.

De l'air.

Je maintiens une distance entre nous et trébuche vers mon lit, m'effondrant sur le bord alors que mes genoux cèdent et que je lutte pour fonctionner.

Harper m'observe, mais elle ne s'approche pas.

— Tu m'as menti aussi, dit-elle, sa voix calme, mais chargée du sentiment de trahison. Rien de tout cela ne serait arrivé si j'avais su la vérité sur ta famille.

— Tu me rejettes la faute.

Mon regard se pose brusquement sur elle.

— C'est toi qui t'es faufilée dans la cave et qui as libéré ce gamin. Tu as failli nous faire tuer tous les deux !

Je ne peux pas admettre qu'elle a failli se faire tuer et que j'aurais été celui forcé d'appuyer sur la détente.

J'ai juré de ne jamais devenir comme mon père.

Si elle meurt, je meurs.

Mais ce n'est pas une connerie de Roméo et Juliette.

À l'heure actuelle, je ne l'aime même pas. Et je suis assez sûr que Roméo aimait Juliette.

Qu'est-ce que c'est que cette tragédie ?

Moi, forcé d'épouser une fille que je n'aime pas pour la protéger. Mais je ne l'aime pas.

Je rejette la tête en arrière, je fixe le plafond et je soupire. J'aurais vraiment aimé avoir un match de hockey ce soir. J'aurais pu utiliser ce temps sur la glace. Soulever des poids n'a pas suffi à dissiper l'énergie excessive qu'elle accumule en moi.

— Qu'est-ce qu'on va faire pour le dîner du week-end prochain ? demande Harper.

— L'annuler. Tu ne remettras pas les pieds dans cette maison, dis-je. Tout ce que tu y gagneras, c'est de finir morte.

— Je ne pense pas que tes parents vont simplement accepter que nos fiançailles soient terminées, dit Harper. Ils ont menacé mon fils, Luca. Peut-être que tu te fiches de ce qui lui arrive, mais pas moi.

— Ce n'est pas juste.

Je grogne en me levant d'un bond du lit. Je ne suis qu'à quelques centimètres de son visage, et je peux sentir son souffle caresser ma joue.

Mon corps la désire tandis que je me penche plus près, mais mon esprit sait que c'est une mauvaise idée.

S'il y avait une autre façon de sortir de ce pétrin, je sauterais sur l'occasion.

Épouser Harper ne serait pas la pire chose au

monde si elle n'avait pas de fils. Mais mettre la vie de Zeke entre mes mains, c'est dangereux.

Quand on m'ordonne de tuer des hommes, comment puis-je ne pas devenir l'homme que je méprise le plus ? Je ne veux pas ça pour son fils.

— Dis-moi ce que je suis censée faire, Luca.

Sa voix est douce et pleine d'inquiétude. Son front est plissé de soucis.

— Je quitterais cette ville, j'emmènerais Zeke avec moi, mais tu as dit qu'il n'y avait nulle part où je pourrais aller sans que ta famille me retrouve.

Elle a raison ; il n'y a pas d'échappatoire, pour aucun de nous, qui ne se termine pas avec nous enterrés six pieds sous terre.

À contrecœur, je tends la main vers les siennes. Ses doigts sont froids et je sens un léger tremblement quand j'entrelace nos doigts.

— On fait semblant, pour tes parents, pour les miens.

— Tu es prêt à faire ça, pour moi ? demande Harper.

— Je t'ai dit que je te protégerais, et ça inclut ton fils aussi.

———

Debout devant la chambre de Harper, elle a son sac à dos sur une épaule et un sac de sport dans la main.

— Quinn n'est pas là aujourd'hui ?

Je remarque que sa colocataire n'est pas dans la chambre. J'en suis plus que soulagé. Après que Quinn m'a pratiquement plaqué à la porte d'entrée, a collé ses lèvres sur les miennes et m'a mis dans une situation délicate avec Harper, je ne veux pas recroiser cette succube.

— Je ne l'ai pas vue ces deux derniers jours. Elle est passée par la chambre ; elle a déposé quelques affaires sur son lit plus tôt, mais je suppose qu'elle a trouvé un nouveau jouet avec qui s'amuser. Peut-être qu'elle dort enfin chez lui !

Ça semble être une bonne nouvelle pour elle. J'espère que ça continuera pour nous deux ce soir.

— Tu es prête à partir ?

— Oui, j'ai tout, y compris des vêtements de rechange.

Elle me montre le sac de sport dans sa main.

— Quoi ? Tu n'as pas besoin de tout ça, Harper. C'est juste un dîner ce soir.

— Tu passes le week-end chez tes parents. Je me suis dit que puisque tu es mon chauffeur, je passerais la nuit aussi.

Absolument pas.

— Je te ramènerai sur le campus après le dîner.

— C'est deux heures de plus aller-retour, dit Harper. Si tu ne veux vraiment pas que je reste, je prendrai simplement le bus.

J'insiste :

— Je ne sais pas combien de temps va durer le dîner, et il est hors de question que tu prennes le bus de minuit toute seule. Je te conduirai.

Bien que le système de bus de Breckenridge à Evergreen soit relativement sûr, je ne ferais pas confiance à Harper pour le prendre seule après dix heures du soir. Il y a des types louches dans notre ville, et une femme seule ? Je ne peux absolument pas l'envisager.

— D'accord.

Elle laisse tomber son sac de sport à côté de son lit.

— Je suppose que je n'ai pas besoin de mes livres non plus, si je ne reste pas avec toi ce week-end.

Mais elle hésite avant de laisser son sac.

— En fait, au cas où.

— Au cas où quoi ?

Elle refuse d'abandonner ses livres. Est-ce parce qu'elle a encore des difficultés en économie ? Une semaine sans étudier ensemble, et elle semble déjà un peu stressée. Ou peut-être que c'est la soirée qui la tracasse.

— Tu n'auras pas besoin des livres, Harper. Laisse-les ici.

Elle soupire et pose son sac à dos sur le lit.

— Je dois vraiment étudier ce week-end. On a un examen la semaine prochaine, et je vais être complètement fichue.

— Quel cours ?

Elle me fusille du regard.

— Économie. Tu ne fais plus attention quand on est en cours ? Notre professeur a dit qu'on aurait un examen qui porterait sur les cours de la semaine dernière.

Je n'ai jamais vraiment commencé à prêter attention dans ce cours. La tension entre nous s'est légèrement apaisée ces derniers jours. Même si j'ai séché le cours d'économie en début de semaine, après notre petite conversation dans ma chambre, j'ai cédé et je me suis montré en cours plus tard dans la semaine.

Honnêtement, ce n'est même pas comme si j'avais besoin d'y assister. Je pourrais jeter un coup d'œil au livre ou simplement me rappeler tout ce que j'ai appris au lycée. Les concepts sont tous les mêmes, rien n'a changé. Je n'apprends certainement rien de nouveau.

Au moins, ça me garantit une note facile.

Je n'ai pas passé de temps seul avec Harper, ce qui signifie pas de séances d'étude ces derniers temps. Je n'ai pas été d'humeur à être particulièrement serviable avec elle. Après tout, je la maintiens déjà en vie. N'est-ce pas suffisant ?

Mais vu l'inquiétude sur son visage et le fait qu'elle devient mon problème, j'ai besoin qu'elle garde de bonnes notes pour qu'elle puisse conserver sa bourse.

— Je ne peux pas étudier ce week-end, sauf dimanche soir après mon retour sur le campus. Je ne sais même pas à quelle heure je serai de retour.

Je n'ai aucune envie de passer le week-end là-bas, ni d'en apprendre davantage sur l'entreprise de mon père.

C'est un meurtrier.

Qu'y a-t-il à savoir de plus ?

Nous nous dirigeons vers la voiture et montons. Elle attache sa ceinture puis me regarde.

— Comment s'est passé ton match hier soir ?

— Bien.

C'est la seule chose qui me fait sourire sincèrement.

— J'aurais préféré qu'il soit ce soir pour ne pas avoir à faire le trajet ce week-end.

La plupart de nos matchs de hockey se jouent les vendredis et samedis, ce qui, pendant la saison, me permet de passer moins de temps chez mon père. Si nous avions joué jeudi, j'aurais été obligé de passer du vendredi soir au dimanche sous le toit de mon père.

Au moins, jouer le vendredi me fait gagner un jour, et les matchs du samedi font que je n'ai pas à me présenter ce week-end-là.

Je n'ai pas eu cette chance aujourd'hui.

— J'ai entendu dire que vous avez gagné, dit Harper.

Je la regarde, surpris qu'elle soit au courant. Elle jure détester le hockey, mais je l'ai surprise une fois à l'un de mes matchs. J'espère toujours qu'elle reviendra.

— En effet. Comme je l'ai dit, c'était bien.

Je rayonne presque.

J'ai marqué deux buts, ce qui était plutôt spectaculaire après mes ratés de la semaine précédente.

— Pas de temps sur le banc des pénalités ? demande-t-elle en me regardant.

Un sourire malicieux s'étale sur mon visage.

— Je n'ai pas dit ça.

Harper rit, et pour la première fois en une semaine, j'ai vraiment l'impression que nous allons peut-être pouvoir traverser cette soirée.

— Quand est-ce que tu viendras me voir jouer ?

Je la regarde, espérant qu'elle se montrera la semaine prochaine. Ce sera encore un match du vendredi, ce qui est nul car je devrai passer le samedi et le dimanche au domaine, mais je sais à quoi m'attendre.

— Le hockey est ennuyeux, Luca.

Je devrais être offensé.

— Tu n'aimes pas voir des gars se battre sur la glace ?

Mon attention est fixée sur la route, mais je voudrais qu'elle soit sur elle. Le fait qu'elle s'intéresse un tant soit peu au hockey me remplit de curiosité et me réchauffe le cœur.

Est-ce sa façon d'essayer de faire la paix après tout ce qui s'est passé ?

— Je n'aime pas m'inquiéter que tu puisses te blesser, dit-elle.

Mon regard croise brièvement le sien avant que je ne me reconcentre sur la route.

— Tu n'as pas à t'inquiéter pour moi, Harper. Je

sais me débrouiller sur la glace. Je joue depuis des années.

— Je sais, dit-elle en regardant par la fenêtre. Je ne veux simplement pas te voir blessé.

— Avant qu'on se rencontre, est-ce que tu aimais regarder des gars se battre sur la glace ? Beaucoup de filles trouvent ça vraiment excitant.

Le nombre de groupies qui nous suivent de match en match est impressionnant.

— Désolée, je ne suis pas de ces filles qui bavent devant des mecs qui se battent. Je n'aime pas non plus la boxe ou les MMA.

C'est juste. Je suis content qu'elle ne soit pas avide de la souffrance des autres.

Le silence remplit la voiture, et elle s'agite à nouveau, ses mains tapotant nerveusement sur ses genoux.

— Tu devrais savoir, Luca, que je n'ai pas mentionné les fiançailles à mes parents.

Eh bien, ça va être terriblement gênant quand mes parents vont inévitablement aborder le sujet.

— Pourquoi pas ?

Harper se tortille sur son siège et soupire.

— Il n'y a aucune chance qu'ils aient accepté de venir ce soir si je leur avais dit que je suis fiancée.

— Même si tu avais mentionné que c'est avec le mec le plus incroyable que tu aies jamais rencontré.

Elle rit et sourit.

— Il est modeste en plus.

— Sérieusement, Harper, qu'est-ce que tu as dit à tes parents à propos de nous ?

On n'est qu'à quelques minutes de la propriété et c'est *maintenant* qu'on a cette conversation.

Ma prise se resserre sur le volant et les muscles de mes épaules se tendent. Je sens les muscles de mon cou me supplier d'alléger ma prise sur le volant, mais cela semble impossible.

— J'ai mentionné qu'on s'est rencontrés sur le campus, que tu m'aides en économie, que tu me donnes des cours. Ils savent que tu as un an de plus, et j'ai mentionné qu'on a dîné avec tes parents le week-end dernier, et qu'ils veulent faire connaissance avec les miens.

— D'accord, que des vérités, dis-je.

Je me rends compte que ce sera définitivement plus facile si nous n'avons pas à créer trop de mensonges à retenir.

— Autre chose ?

Bien qu'elle n'ait pas mentionné les fiançailles, je suis curieux de savoir à quel point ses parents pensent que notre relation est sérieuse actuellement.

— Je leur ai dit que je t'aime vraiment bien et d'être gentils.

— Que des bonnes choses à mentionner.

J'expire nerveusement et jette un coup d'œil à Harper.

— Est-ce que Zeke vient ce soir ?

— Oui, mon fils se joindra à nous pour le dîner. J'ai essayé de suggérer délicatement que nous pourrions peut-être lui trouver une baby-sitter pour la soirée, mais ils ont insisté pour que Zeke vienne, puisqu'il fait partie de la famille, et que c'est mon fils.

— Tout ira bien, dis-je en prenant la main de Harper.

J'essaye de la rassurer que son fils sera en sécurité.

— Vraiment ?

Elle me fixe du regard. Je peux sentir l'inquiétude qui pèse sur ses épaules.

— Honnêtement, Luca, j'espérais vraiment qu'on puisse repousser la rencontre des parents et que tu puisses d'abord faire leur connaissance, ainsi que celle de Zeke.

Ça aurait été l'option la plus sûre et cela aurait même pu aider pour le dîner de ce soir, mais mes parents avaient insisté pour que nous dînions tous ensemble.

— Dante n'accepterait jamais ça. Il veut assister au chaos qui va se dérouler devant lui.

— Sérieusement ? demande Harper. Je pensais simplement qu'il avait peur que je révèle le secret de la mafia ou du petit garçon retenu dans la cave...

Elle a raison. Je suis sûr que c'était la préoccupation principale de mon père, inquiet de ne pas pouvoir la contrôler si elle n'est pas sous son toit. C'est pourquoi il avait initialement exigé que nous restions jusqu'à notre mariage.

C'était jusqu'à ce qu'il se rende compte que Harper savait garder des secrets. Elle m'avait caché Zeke. À tout le monde à l'Université Evergreen.

— Tu ne peux pas mentionner le petit garçon dans la cave.

— Je sais, mais—

— Non.

Je coupe court immédiatement.

— Tu ne peux pas mentionner l'enfant. Je vais... me renseigner pendant que je travaillerai pour Dante, dis-je.

— Tu vas le faire ?

Sa voix trahit une lueur d'espoir.

— Laisse-moi juste m'occuper des affaires de la mafia. Toi, reste loin des problèmes, s'il te plaît.

Je ne veux pas avoir à m'inquiéter pour Harper toute la soirée. Ce sera déjà assez difficile d'essayer de survivre au dîner avec nos deux familles.

— Je promets de ne plus jamais mettre les pieds dans cette cave-prison.

Je ricane.

— Bien.

Je déteste le prix que ça lui a coûté d'apprendre cette leçon.

Un prix que nous sommes tous forcés de payer.

CINQ

LUCA

Le ciel est couvert, et alors que nous arrivons au domaine, de grosses gouttes de pluie commencent à se déverser des cieux.

Cela correspond parfaitement à mon humeur.

Il y a un véhicule devant la maison que je ne reconnais pas. C'est une petite berline noire à deux portes qui accuse son âge. La brillance sombre a connu de meilleurs jours, tout comme le pare-chocs avant.

— La voiture de tes parents ?

Mon estomac se noue à l'idée qu'ils soient arrivés avant nous.

Je prends un parapluie sur la banquette arrière et

fais le tour pour aider Harper à sortir de la voiture en la protégeant de la pluie.

Elle hausse un sourcil quand j'enroule mon bras autour de sa taille. Je me penche et mes lèvres effleurent son oreille.

— On fait semblant, tu te souviens, dis-je. On doit rendre ça convaincant ce soir.

— Oui, murmure-t-elle.

Bien que mes parents se moquent probablement que nous soyons un vrai couple ou non, nous jouons clairement la comédie pour ses parents ce soir.

Je la guide jusqu'à la porte principale, et avant même que je puisse frapper, la porte d'entrée s'ouvre et l'un des hommes de mon père nous accueille. Il n'y a pas l'ombre d'un sourire sur son visage.

— Entrez, dit Vito. Tout le monde est dans le salon familial.

J'accompagne Harper à l'intérieur, et nous enlevons nos chaussures et nos manteaux. Je prends sa main pour la guider dans le couloir jusqu'à la pièce ouverte sur la gauche, à côté de la salle à manger.

— Maman ! s'écrie Zeke en levant les bras vers Harper dès qu'il la voit.

Elle détache sa main de la mienne et se précipite vers son fils pour le prendre dans ses bras, puis elle le câline et le couvre de baisers tout en le plaçant sur sa hanche.

— Nous parlions justement de vous deux, dit Dante.

Ce n'est pas vraiment une salutation. Pas que j'attende grand-chose de mon père.

Ma mère, Nikki, se lève du canapé et m'étreint fermement avant de relâcher son emprise et de donner à Harper une étreinte beaucoup plus douce, avec Zeke dans ses bras.

Les parents de Harper sirotent tous deux une bière, et j'ai le sentiment que nous allons avoir besoin de quelque chose de bien plus fort pour supporter cette soirée. Sa mère se tient près d'elle, gardant un œil attentif sur Zeke, tandis que son père est assis à côté de mon vieux sur le canapé contre le mur.

— Bonjour, je suis Luca, dis-je, me présentant d'abord à sa mère, qui est à quelques pas de moi.

Je tends la main pour me présenter correctement. Son regard se durcit, mais elle force un sourire.

Elle a les yeux de Harper, ce même regard sombre et mystérieux traverse ses traits, et je n'arrive pas à déterminer si elle me déteste déjà. J'ai la nette impression qu'elle s'est fait une idée sur moi, peut-être même avant de me rencontrer.

Je jette un coup d'œil à Dante, espérant qu'il n'a pas mentionné les fiançailles.

Peut-être pourrons-nous traverser ce dîner sans en parler.

— Je suis Catrina, dit la mère de Harper en désignant son mari, et voici Jack. Il est plongé dans une discussion animée sur les actions, les obligations et l'or comme actif. Ils m'endormiraient si ce n'était pour ce petit bout...

Elle passe une main dans les cheveux délicats de Zeke.

Il tend un bras vers Catrina avant que Harper ne parvienne à recapturer son attention.

Il est difficile de ne pas admirer le lien entre Harper et Zeke.

Elle est complètement immergée dans son petit monde, en train de roucouler en lui parlant, tout en le couvrant de baisers.

— Tu veux rencontrer quelqu'un de spécial pour moi ? murmure-t-elle de la voix la plus douce et la plus précieuse qui soit.

Zeke ne semble pas vraiment s'en soucier. Il gigote et veut probablement courir partout comme un fou. Je suis sûr que mes parents adoreraient ça.

Un autre McKenna qui découvre quelque chose qu'il ne devrait pas dans cet endroit.

Sauf qu'il ne pourrait pas divulguer de secrets, étant donné qu'il ne semble pas parler beaucoup. C'est plutôt du babillage.

De temps en temps, je peux distinguer un mot qu'il essaie de prononcer, comme *Maman*, mais c'est surtout du charabia à mes oreilles.

Harper s'approche et amène Zeke juste devant moi.

— Luca, voici mon fils, Zeke. Zeke, tu veux bien dire bonjour à Luca ?

Elle prend la main de Zeke, qui est enroulée autour de son pouce, et la fait rebondir de haut en bas dans un geste semblable à un salut.

Zeke me regarde avec curiosité, ses grands yeux fascinés par ma présence.

— Salut, mon grand, dis-je, ne sachant pas trop quoi faire.

Zeke enfouit immédiatement son visage dans le cou de sa mère.

Ai-je dit quelque chose de mal ?

— Tu n'as pas à être timide, dit Harper en frottant le dos de son fils. Luca est un ami très spécial.

Zeke jette un bref coup d'œil depuis la poitrine

de Harper avant de croiser mon regard et de se cacher à nouveau.

Le gamin me déteste déjà.

Génial.

Je force un sourire puis traverse la pièce pour me présenter correctement au père de Harper.

—Bonjour, je suis Luca, dis-je en tendant la main.

— Je m'appelle Jack, dit son père, le regard tendu.

Pas de sourire, aucun signe de joie. Il ne m'aime déjà pas et nous venons de nous rencontrer.

— Si nous allions faire un tour dehors, tous les deux ?

— D'accord, dis-je avec un hochement de tête, même si mon instinct me conseille de ne pas le faire.

Jack pose sa bière sur un sous-verre sur la table d'appoint et se lève en s'étirant.

Je jette un coup d'œil à Harper, et son front se plisse, visiblement inquiète également.

— Hé, dit-elle, en faisant rebondir Zeke dans ses bras tandis qu'elle s'approche de Jack et moi.

Je dépose un chaste baiser au coin de ses lèvres pour essayer de rendre notre fausse relation crédible. En fait, l'embrasser serait préférable, mais elle a son fils dans les bras, et c'est l'excuse que j'utilise pour ne pas l'embrasser passionnément, parce qu'en réalité, je suis toujours en colère et blessé par sa trahison.

Elle m'a menti au sujet de Zeke.

Mais je dois enterrer cette colère pour ce soir.

— Nous allons juste faire un tour, dis-je en désignant son père.

Harper fronce les sourcils et tourne son attention vers son père.

— Papa, il pleut dehors. Tu ne vas pas emmener Luca sous la pluie pour discuter. Vous pouvez vous asseoir ici et apprendre à vous connaître.

Je suis surpris qu'elle soit si directe avec son père, mais bien sûr, il n'appartient pas à la mafia. Elle n'a pas à le craindre.

— Bien sûr, dit Jack en forçant un sourire, mais ses yeux ne brillent pas. Je ne savais pas qu'il s'était mis à pleuvoir.

Je me dirige vers le canapé et prends place à côté de Jack.

Dante se décale pour me laisser un peu d'espace.

Ce serait bien s'il se levait, allait parler à Maman ou même à Catrina. Mais au lieu de ça, il traîne avec nous, probablement pour écouter, ce qui n'est pas difficile vu qu'il est assis juste à côté.

— Ma fille nous a appelés cette semaine pour nous parler de son nouveau petit ami, dit Jack.

Il tend la main vers sa bière, la bouteille nichée entre ses mains tandis qu'il la regarde.

— Je ne peux pas dire que je sois heureux de tous ses choix de vie.

— Vous voulez parler de Zeke ?

Jack se tourne vers moi.

— Je veux parler de ma fille de quinze ans tombée enceinte de son idiot de petit ami de dix-huit ans au lycée. La meilleure chose qu'il ait faite pour Harper a été de renoncer à ses droits parentaux.

— Vous n'avez pas à vous inquiéter. Harper et moi sommes adultes ; nous connaissons les règles du sexe protégé.

Mon père s'éclaircit la gorge derrière moi, comme s'il essayait de ne pas s'étouffer. Il devrait peut-être arrêter d'écouter et se lever pour aller embêter quelqu'un d'autre.

Mais Dante ne bouge pas de sa position sur le canapé.

Jack lève une main pour m'empêcher de poursuivre.

— Je n'ai pas besoin d'entendre parler de tes relations sexuelles avec ma petite fille. J'ai besoin que tu comprennes qu'elle est une mère, avant tout.

Zeke passe avant n'importe quel petit ami, alors si tu penses être là pour t'amuser, tu vas être sérieusement déçu.

— Je peux vous assurer, monsieur McKenna, que je tiens profondément à votre fille. Je suis reconnaissant d'avoir l'opportunité de vous rencontrer, ainsi que votre femme et Zeke ce soir.

Je fais tout mon possible pour rester calme et ne pas tout gâcher avec ses parents.

Je ne les vois pas nous donner leur bénédiction. Il ne m'aime déjà pas particulièrement, et je n'ai même pas encore mentionné nos fiançailles.

— Il va nous falloir du temps pour voir quel genre d'homme tu es vraiment, dit Jack.

Il regarde au-delà de moi vers Dante.

— Je ne veux manquer de respect à personne, Dante. Je suis sûr que vous avez élevé un fils merveilleux, dit Jack en essayant d'être poli, mais comprenez que je dois veiller sur ma fille et mon petit-fils.

Je n'ose pas me retourner pour voir l'expression sur le visage de mon père.

— Je comprends parfaitement ce que signifie protéger sa famille, dit Dante.

Le canapé s'affaisse, et je réalise qu'il se lève.

— Peut-être devrions-nous tous poursuivre cette

conversation dans la salle à manger, le dîner va bientôt être servi.

Je me lève et me précipite vers Harper ; ma main se pose automatiquement dans le bas de son dos. Elle tient toujours Zeke dans ses bras, mais il semble occupé à jouer avec un téléphone jouet entre ses mains.

— On déplace cette fête dans la salle à manger, dis-je.

Je proposerais bien de porter Zeke, mais je doute qu'il me laisse faire, puisque je suis un inconnu pour lui.

— Oh, tant mieux. J'ai vraiment besoin de m'asseoir, admet Harper avant de gémir. Oh non, pas de nouveau...

— Qu'est-ce qui ne va pas ?

Je remarque sa frustration quand elle soulève Zeke et que de l'humidité coule le long de ses jambes et sur ses vêtements à elle.

Je propose :

— Je vais te trouver quelque chose à moi à porter. Pourquoi ne pas le nettoyer dans la salle de bain ?

— Tu peux prendre le sac à langer ? Il est près de la porte, me demande Harper.

Je prends le sac et je la conduis hors du salon

familial jusqu'à la salle de bain. Je ne veux pas qu'elle se promène et trouve des ennuis. Bien que le fait que ses parents aient été invités aujourd'hui signifie probablement que l'ambiance est assez calme ici.

— Je vais chercher mon sac dans la voiture, dis-je avant de me dépêcher dans le couloir une fois qu'elle sait où aller.

J'enfile mes chaussures et je cours sous la pluie, me faisant tremper pendant que je récupère mon sac de sport.

J'aurais probablement dû prendre un parapluie, mais j'essayais d'être rapide. Je laisse mes chaussures à l'entrée et laisse une traînée mouillée derrière moi en traversant le couloir. Même mes chaussettes sont trempées. Je frappe à la porte de la salle de bain.

— C'est juste moi, dis-je.

— C'est ouvert, répond Harper.

Je tourne la poignée et entre, le sac avec moi.

Elle me tourne le dos et a posé Zeke sur le tapis de salle de bain avec un tapis à langer, alors qu'elle fixe les attaches de sa nouvelle couche.

— Tout propre, dit-elle avec cette voix douce qu'elle utilise quand elle parle à Zeke.

Il gigote et s'agite, mais elle parvient à le

maintenir stable pendant qu'elle change ses vêtements, puisque les autres étaient mouillés.

Une chose que nous avons en commun, enfin presque.

Les miens sont définitivement trempés à cause de la pluie, petit gars.

Harper le soulève du tapis à langer et le tourne vers moi. Je fronce le nez et je fais une grimace au petit bonhomme, et il rit et tape dans ses mains.

Il est mignon.

— Tu peux le tenir pendant que je me change ? demande Harper.

Elle tend les bras avec lui dans sa prise et me le passe comme un ballon de football.

— Je... euh, si tu as besoin.

Je bégaie, à court de mots. Ce n'est pas que ça me dérange de tenir Zeke, c'est la dernière chose qui me préoccupe. Je ne veux juste pas qu'il pleure ou qu'il ait peur de moi.

Je prends le bambin de ses bras et immédiatement, les larmes commencent, ainsi que les cris.

Exactement ce que je craignais.

— Ça va, mon grand. Ta maman est juste là, dis-je en le tournant vers elle.

Cela semble le calmer pour le moment, du moins pour les larmes.

Il se tortille dans mes bras, voulant être dans les siens.

— Maman. Maman, scande-t-il à plusieurs reprises pour essayer d'attirer son attention.

— Je sais, Zeke. Juste une minute.

Harper ouvre la fermeture éclair de mon sac de sport et fouille parmi les vêtements.

— Qu'est-ce que tu vas porter ? demande-t-elle alors que son regard parcourt ma tenue trempée.

— Ça va. Je suis seulement couvert d'eau de pluie.

Elle sort mon t-shirt et mon pantalon cargo pour demain. Je doute que le pantalon cargo lui aille.

— Tourne-toi, exige-t-elle en me faisant signe de pivoter avec son doigt.

Je tourne Zeke et moi-même, et les pleurs reprennent.

— Allez, Zeke. Je ne suis pas si terrible à regarder, dis-je en le tournant vers moi.

J'essaie de lui faire des grimaces en fronçant le nez puis en tirant la langue. Rien n'y fait.

J'entends le bruit sourd de vêtements qui tombent au sol.

— Il te veut clairement, dis-je en me retournant

car je ne supporte pas d'entendre Zeke pleurer et crier pour Harper.

Ça me brise le cœur.

Les yeux de Harper s'écarquillent quand elle me voit la regarder en soutien-gorge et culotte.

— Oh mon Dieu, Luca ! Ferme les yeux, me lance-t-elle.

— Ce n'est pas comme si je ne t'avais jamais vue avant, dis-je avec un sourire en coin.

Je ferme les yeux mais garde Zeke dans mes bras, le tournant pour voir Harper, ce qui fait au moins cesser les pleurs.

— Ouais, eh bien, tu n'as pas droit à un spectacle gratuit, grommelle Harper.

Quelques secondes plus tard, sa main frôle la mienne.

— Tu peux les ouvrir maintenant, dit-elle.

Je lui rends Zeke, qui grimpe joyeusement dans les bras de sa mère. Je ne sais pas comment elle arrive à passer autant de temps loin de lui. Ça ne doit pas être facile pour elle.

— Je vais laver tes vêtements pendant le dîner, dis-je en rassemblant ses affaires.

Je la conduis à la salle à manger et la laisse avec les autres tandis que je me dépêche de traverser le couloir jusqu'à la buanderie.

Je mets rapidement ses vêtements dans la machine à laver avant de revenir lui tenir compagnie.

Pas de trace de Moreno, Nikki ou Nova pour le dîner ce soir. Si je devais deviner, Dante leur a probablement suggéré d'aller manger dehors. Ce n'est pas comme si Moreno pouvait travailler ce soir avec les parents de Harper sous leur toit.

— Vous avez une magnifique maison, dit Catrina en prenant place en face de nous à la table de la salle à manger.

Son mari s'assied à côté d'elle, avec Dante à côté de lui, et Nikki s'installe en face de lui.

Je prends place à côté de Maman, espérant rendre les choses un peu plus faciles pour Harper si je me mets entre Maman et elle.

Harper s'assied avec Zeke sur ses genoux.

— Est-ce que je peux préparer quelque chose de spécial pour Zeke ? demande Nikki une fois que tout le monde est assis.

— Il y a plein de nourriture, dit Harper en regardant l'étalage sur la table qui va de la purée de pommes de terre et de courge au poulet rôti et à la poitrine de bœuf. Ça va aller.

Tout le monde se sert et passe les plats. J'aide à servir de la nourriture dans l'assiette de Harper puisqu'elle tient Zeke et qu'il n'arrête pas d'essayer d'attraper tout ce qui se trouve sur la table.

Je ne sais pas ce qu'elle aime manger. Je n'ai pas non plus la moindre idée si Zeke a des allergies. Elle n'a rien mentionné, donc j'espère que tout ce qui se trouve sur la table est bon pour lui.

Je remplis son assiette avec assez de nourriture pour nourrir deux adultes.

— C'est plus que suffisant, Luca, rit-elle alors que je continue d'entasser plus de pommes de terre dans son assiette.

Celles-ci doivent être un aliment sûr pour Zeke. Je ne veux pas qu'il s'étouffe pendant le dîner.

— Tu essaies de nourrir une équipe de hockey ?

— Eh bien, au cas où il aimerait, je voulais que tu en aies assez.

— Est-ce que je viens d'entendre parler de hockey ? demande Jack, attirant mon attention. Tu joues ?

— Oui, je joue pour les Narvals, dis-je en mettant suffisamment de nourriture dans ma propre assiette maintenant que je me suis occupé de Harper. J'aimerais passer professionnel un jour.

— N'est-ce pas le rêve de tous les joueurs de hockey ? dit Dante sans la moindre trace d'admiration pour moi.

Je ne peux pas dire que je suis surpris.

Il a fait savoir qu'il déteste ce sport et, plus encore, mes aspirations de carrière. Mais ce n'est pas comme si tout cela importait maintenant.

— Je vous en prie, commencez, dit Nikki en faisant un geste vers les assiettes de chacun.

Elle est encore en train de se servir, mais elle essaie de s'assurer que les invités sachent qu'ils peuvent commencer à manger.

Catrina sourit, son regard posé sur Zeke.

— Quels sont tes projets après l'université si tu ne réussis pas à intégrer une équipe professionnelle ?

— Vous êtes très réaliste, dit Nikki avec un petit rire.

Le regard froid de Dante est posé sur moi, attendant d'entendre ce que je vais dire.

— J'ai l'intention de rejoindre l'entreprise familiale.

— Oh, dit Jack. Que faites-vous exactement ?

Il tourne son attention vers Dante, attendant qu'il explique sa profession et ses activités.

Je profite de l'occasion pour me bourrer la bouche de nourriture, afin de ne pas être forcé de parler. Si je mange, alors avec un peu de chance, ils me laisseront tranquille. En plus, je meurs de faim.

J'ai sauté le déjeuner, grosse erreur, donc je suis plus qu'affamé pour le dîner.

— Nous gérons pas mal de contrats temporaires et fournissons des services de soutien pour les entreprises qui ont besoin d'assistance, explique Dante.

C'est la façon codée de mon père de dire qu'il fait pression sur des entreprises et offre de la protection à celles qu'il acquiert.

— Ça doit vous garder bien occupé, dit Jack, n'ayant manifestement aucune idée de ce que Dante fait dans la vie.

Il jette un coup d'œil autour de la salle à manger.

— Mais visiblement, votre entreprise marche bien. Vous avez une belle maison.

— Merci, dit Maman. Et vous deux ?

Elle sait toujours comment détourner la conversation des sujets délicats.

C'est probablement sage que Moreno et sa famille soient sortis pour la journée. Ça pourrait sembler étrange d'avoir deux familles qui vivent et travaillent ensemble sous le même toit.

Inutile d'éveiller les soupçons de Catrina et Jack.

— Je suis à la maison avec Zeke, répond Catrina, mais j'ai travaillé comme barista à la station de ski en ville depuis son ouverture. Je suis avec eux depuis la nouvelle direction.

— Que pensez-vous du nouveau propriétaire ? demande Dante.

— Il paie mieux et prend nos suggestions au sérieux, donc je suis contente des nouveaux changements. Quand Harper aura son diplôme et que je n'aurai plus Zeke à plein temps, je retournerai probablement travailler.

— Et que faites-vous, Jack ? demande Nikki, maintenant la conversation en cours.

Je suis reconnaissant qu'il n'y ait pas eu d'interrogatoire sur la nouvelle relation entre Harper et moi. Mais je sais qu'il y a encore le temps, la soirée ne fait que commencer.

— Je suis directeur au Blue Sky Resort. Je m'occupe de la partie hôtelière, je veille à ce que les clients soient bien pris en charge, dit Jack.

— Ça a l'air merveilleux, dit Nikki en tendant sa main à travers la table vers Dante. Nous avons toujours voulu passer un week-end dans ce resort, n'est-ce pas, chéri ?

Dante grommelle quelque chose à propos du ski, mais se force à sourire pour apaiser ma mère.

— Ça vous plairait. Nous proposons des cours de ski et de snowboard pour débutants, explique Jack à

Dante. Le spa est excellent, parfait pour les épouses, et ils ont un assez bon forfait golf avec le terrain en bas de la route, si vous jouez et décidez de venir hors saison, c'est-à-dire en été chez nous.

— Je ne joue pas, dit Dante d'un ton sec.

Jack hoche la tête et prend une bouchée de son repas.

Je me penche vers Harper, mon souffle contre son oreille alors que j'essaie de garder notre conversation uniquement entre nous.

— Tu trouves que ça se passe comment ?

Harper donne à Zeke une petite cuillerée de purée de pommes de terre.

Il essaie constamment d'attraper la cuillère pour se nourrir lui-même, mais elle ne le laisse visiblement pas faire.

— Tu veux que je le nourrisse pendant que tu manges ?

— Tu ferais ça ?

Ses yeux s'écarquillent et elle le tourne vers moi tout en le gardant sur ses genoux.

— Il mange comme un cochon et tes parents ont de la moquette dans leur salle à manger. Je ne veux pas qu'ils me tuent quand ils verront le désastre qu'il va faire.

Si Papa ne faisait pas partie de la mafia, je

dirais qu'elle exagère, mais je sens son hésitation et sa peur. Je prends la cuillère et lui donne quelques bouchées supplémentaires de purée pendant qu'elle coupe le poulet rôti en tout petits morceaux.

— Tu peux lui donner du poulet, sinon ce petit monstre va se remplir de purée, dit Harper en embrassant le haut de la tête de Zeke avant d'enfourner quelques bouchées dans sa propre bouche.

Ses yeux se ferment momentanément, et je peux voir à quel point elle a faim tandis qu'elle savoure son dîner.

C'est l'un des avantages d'avoir des parents riches et mafieux : ils ont un chef professionnel qui sait cuisiner pratiquement n'importe quoi, et c'est toujours divin.

Je continue de nourrir Zeke, délaissant la purée de pommes de terre pour lui offrir du poulet, qu'il insiste pour retirer de ma fourchette et mettre dans ses mains pour se nourrir lui-même.

Je prends ma serviette en tissu et la pose sur ses genoux et sur Harper pour éviter que la nourriture ne se répande partout.

— Et si je te donnais à manger ? dis-je à Zeke en essayant une autre bouchée de poulet. Ouvre grand, petit tigre, dis-je en approchant la fourchette de ses lèvres.

La bouche de Zeke s'ouvre et puis ses mains se referment.

— Roar !

Zeke imite un tigre, même si ça ressemble plutôt à un lion.

Mais je ne vais pas le corriger, et cela me donne l'occasion de lui donner une autre bouchée sans faire un énorme désordre.

— Ne regrettes-tu pas l'époque où Luca avait cet âge ? demande Maman en souriant à Dante de l'autre côté de la table.

— Je n'ai jamais été aussi petit !

Je réplique en sachant que ce n'est pas vrai mais n'y croyant toujours pas quand je regarde le petit tigre dans les bras de Harper. Il est adorable. Je doute que mon père s'occupait de moi quand j'avais l'âge de Zeke.

— Tu n'es certainement pas resté petit longtemps, dit Maman. Tu as eu une poussée de croissance qui, je jure, a commencé quand tu avais dix-huit mois. Tu n'as pas arrêté de grandir.

— Assez parlé de moi, s'il vous plaît ?

Je supplie presque Maman de se taire. Je n'ai pas besoin qu'elle m'embarrasse devant Harper. Après, elle va sortir des photos de bébé et les comparer à Zeke.

— D'accord, d'accord. Tu as raison, mon chéri. Nous devrions parler de la vraie raison pour laquelle nous sommes tous réunis ce soir, les noces à venir, dit Maman.

La fourchette de Jack lui échappe, heurte l'assiette en porcelaine puis tombe bruyamment sur le sol.

— Pardon ?

Sa voix est comme un coup de tonnerre alors qu'il est complètement pris au dépourvu par le commentaire de ma mère.

Je ne suis pas surpris, puisque Harper n'en a pas parlé à ses parents.

Les yeux de Catrina s'écarquillent et elle tend la main vers son verre d'eau, qu'elle porte à ses lèvres un instant, également surprise par la mention de noces.

Dante reste calme, ne daignant même pas regarder Catrina et Jack. Son regard est entièrement fixé sur Harper.

— Mon fils et votre fille ont décidé de se marier.

Il n'y a aucune émotion dans sa voix et, pour une fois, je n'arrive pas à le déchiffrer.

Ce mariage était son idée.

Techniquement, c'était la mienne, pour sauver Harper après ce qu'elle avait vu et fait, mais il y a consenti.

Ça n'en serait jamais arrivé là s'il ne m'avait pas ordonné de l'exécuter.

— Harper ?

Catrina pose sa fourchette. Ses mains restent sur ses genoux tandis que la nouvelle fait son chemin.

— Tu veux bien t'expliquer ?

Harper sourit, et bien que je sache qu'elle feint complètement ce bonheur, je ne peux m'empêcher d'y croire aussi.

— Nous sommes tous les deux incroyablement heureux ensemble, et nous voulons voir où cette nouvelle étape de la vie nous mènera, ensemble, dit Harper.

Bon, ce n'est pas la meilleure façon de convaincre ses parents de notre engagement.

Jack se tourne vers Dante.

— Vous étiez au courant ?

— Ils ont annoncé leurs fiançailles le week-end dernier, dit Dante. C'est pour cette raison que nous avons insisté pour que vous vous joigniez à nous pour le dîner ce soir.

— Vous êtes fiancés ? s'exclame Catrina, visiblement blessée. Nous ne savions même pas que tu fréquentais quelqu'un ! Tu nous parles toutes les semaines, tu parles en vidéo avec Zeke, tu n'as jamais pensé une seule fois à nous parler de Luca ?

— Tout s'est passé si soudainement ce semestre, dit Harper. Je tiens énormément à Luca.

— Et s'il tient à toi, dit Catrina, alors il attendra pour t'épouser. Il n'y a aucune raison pour que vous vous précipitiez dans une décision qui engage toute votre vie.

Harper me regarde, sa respiration légèrement irrégulière. Je peux détecter les premiers signes de sa panique et j'ai envie de la serrer contre moi, de la tenir fort et de lui faire savoir que nous allons trouver une solution ensemble.

Mais Zeke est toujours installé sur ses genoux, et d'une façon ou d'une autre, je lui donne machinalement bouchée après bouchée de poulet. Il ne semble pas remarquer ou du moins comprendre ce qui se passe à table.

Pour lui, c'est juste l'heure de manger de bonnes choses.

— Nous pourrions certainement attendre, dis-je en sentant le regard furieux de mon père. Mais quand on aime quelqu'un et qu'on sait que c'est la seule personne avec qui on veut passer le reste de sa vie, pourquoi attendre ?

— Parce qu'il y a un enfant impliqué ! dit Catrina. Tu me dis que tu es vraiment prêt à être père ?

Je regarde Zeke, et même si je ne sais rien des enfants de deux ans ou de ce que signifie élever un enfant, je sais qu'un jour je veux devenir père. Je me jure simplement de ne jamais devenir comme *mon* père.

— Je ne lui demande pas d'être un père, dit Harper avant que j'aie le temps de répondre.

— Eh bien, tu devrais, dit Catrina. Parce que si tu épouses Luca, alors Zeke emménagera avec vous. Je n'ai pas à m'occuper de ton fils si tu penses être prête pour le mariage.

— Maman, murmure Harper, comprenant ce que cela implique pour ses études.

— Nous avons également pensé à cela, dit ma mère en regardant Dante. Nous avons trouvé un logement sur le campus qui répond aux exigences de la bourse d'études de Harper et qui n'est pas dans les résidences universitaires. Harper et Luca pourront y vivre avec Zeke à partir de janvier.

Jack fronce les sourcils et secoue la tête.

— Alors, vous êtes d'accord pour qu'ils se marient ? Ma fille a dix-huit ans. Elle a toute sa vie devant elle.

— Votre fille est mère, rétorque sèchement Dante. Je lui donne l'opportunité d'élever son fils *et* d'aller à l'université. Cela forgera son caractère.

— Ne me dites pas comment élever ma fille, s'exclame Catrina en se levant. Je crois qu'il est temps pour nous de partir.

— Avec plaisir, répond son mari.

Jack recule sa chaise et se lève.

— Maman...

La voix de Harper faiblit.

— On peut se rasseoir et en parler ?

— Absolument pas.

Catrina se dirige de l'autre côté de la table. Je pense qu'elle va prendre Zeke à Harper, mais je ne suis pas sûr de ce qui va se passer.

Ce dîner s'est déroulé exactement comme le désastre épique auquel on pouvait s'attendre.

— Si tu penses être prête à devenir une épouse, alors tu es clairement prête à être une mère.

Catrina se penche et embrasse la joue de Zeke.

— Je vais chercher le siège auto pour que tu puisses le ramener avec toi.

— Je dois le ramener aux dortoirs ?

La voix de Harper se bloque dans sa gorge.

— Je ne peux pas faire ça.

— Peut-être que les parents de ton petit ami

peuvent aider. Si vous allez vous marier, vous n'avez pas besoin de notre soutien, dit Catrina.

— Mais c'est exactement ce dont j'ai besoin, murmure Harper. C'est pour ça qu'on vous l'a dit et qu'on ne s'est pas mariés dans votre dos.

Jack me lance un regard noir.

— Et nous sommes tellement reconnaissants pour votre honnêteté. Mais nous t'avons mieux élevée, Harper. Du moins, nous le pensions. D'abord, tu tombes enceinte au lycée. Nous avons essayé d'être compréhensifs. Nous pensions que t'envoyer à l'université vous aiderait, toi et Zeke. Et maintenant ça ? C'est comme une gifle pour nous. Si tu veux te marier, alors il est temps que tu assumes ton rôle de mère pour ton fils. Nous avons fini de l'élever.

Jack accompagne sa femme dans le couloir, en direction de la porte d'entrée.

Harper se précipite derrière eux, Zeke dans ses bras. Je la suis de près, qu'ils veuillent que je les suive ou non.

— Maman, s'il te plaît, donne-nous au moins un peu de temps.

Harper supplie sa mère et je reste là, ne sachant pas comment arranger les choses.

Ce n'est pas comme si nous voulions vraiment

nous marier, mais cette fausse relation vient de nous exploser au visage.

Et l'honnêteté ne nous sauvera pas.

Je ne peux pas dire à ses parents que nous faisons cela parce que je protège leur fille.

— J'aime Harper, dis-je, essayant de trouver les mots justes pour arranger tout ça du mieux possible. Je comprends que vous ne me connaissez pas encore. Je suis sûr que tout cela semble soudain, mais je veux être un père pour Zeke, un mari pour Harper, et je jure de les protéger jusqu'à mon dernier souffle.

Jack s'arrête devant la porte d'entrée. Je pense un instant que je pourrais le convaincre, puis je réalise qu'il met ses chaussures, et ensuite il aide Catrina avec ses chaussures et son manteau.

— Vous vous précipitez tête baissée dans un engagement à vie. Si vous nous avez invités à dîner pour notre bénédiction ou notre approbation, vous ne l'aurez pas, dit Jack.

Catrina boutonne son manteau, et la moue au coin de ses lèvres pâlit face à ses yeux larmoyants. Elle se penche pour embrasser la joue de Zeke.

— Sois sage avec ta maman, dit Catrina à son petit-fils.

— Détestez-moi tant que vous voulez, mais ne

faites pas ça à votre fille. Ne la chassez pas de votre vie, dis-je.

— Ne t'inquiète pas pour les faux-semblants, Luca. Nous ne t'apprécions pas, dit Jack, rendant son opinion très claire. Nous ne renierions jamais notre fille, mais nous n'assisterons pas au mariage. Si vous décidez tous les deux de vous marier, vous êtes livrés à vous-mêmes.

— Maman, s'il te plaît. Je prendrai Zeke dès que je serai dans le nouveau logement en janvier. Mais je ne peux pas simplement l'amener dans les dortoirs, tu comprends ?

Harper supplie presque, et je pose une main dans son dos.

— Ça va aller. On va trouver une solution, dis-je.

Catrina s'attarde près de la porte et tend les bras vers Zeke.

— Jusqu'à ce que vous emménagiez ensemble. À moins que vous ne retrouviez tous les deux vos esprits d'ici-là.

Harper prend les chaussures et le manteau de Zeke, puis l'habille chaudement avant de le conduire dehors jusqu'à leur voiture et de l'installer à l'arrière, dans son siège auto.

Je tiens le parapluie au-dessus de Harper, la gardant au sec pendant que je la regarde dire au revoir à Zeke, mais au moins je sais que l'adieu n'est pas définitif.

Nous rentrons dans la maison, Harper avec un air abattu, et je l'entoure de mes bras pour la serrer dans une étreinte.

Elle enfouit son visage dans mon cou et je sens les sanglots silencieux qui secouent son corps. Je lui frotte doucement le dos pour essayer de la réconforter alors que je sens le regard sévère de mon père sur moi.

— Luca, un mot, dit Dante.

— Je reviens tout de suite. Reste ici, dis-je en me dégageant de son étreinte et en la laissant dans l'entrée.

Elle ne bouge pas tandis que je m'approche de Dante. Il me garde hors de portée de voix, mais nous sommes toujours en vue de Harper. Je ne suis pas surpris qu'il ne lui fasse pas confiance.

La confiance doit se mériter.

Ce sont ses mots qui résonnent dans ma tête, une phrase qu'il m'a répétée tout au long de ma jeunesse.

— Il est tard. Tu devrais ramener Harper sur le campus, et je te verrai le week-end prochain. Quand est ton prochain match ? demande Dante.

— Jeudi soir.

J'aurais aimé que ce soit vendredi ou samedi,

pour ne pas avoir à passer une minute de plus sous *son* toit.

Les yeux de Dante se plissent et il hoche la tête.

— Bien. Alors tu viendras vendredi après la fin de tes cours.

— J'ai entraînement dimanche.

— Tu partiras avant que l'équipe de hockey ne remarque ton absence.

J'en doute fort. Ashton le saura, et Liam s'en apercevra sûrement. Sans compter qu'Ashton pourrait bien organiser une fête chez nous, ce qu'il a l'habitude de faire.

— Dis au revoir à ta mère avant de partir, me rappelle Dante.

— Laisse-moi récupérer les vêtements de Harper dans la buanderie, dis-je. Ensuite, nous pourrons y aller.

Quinze minutes plus tard, nous sommes de retour dans la voiture, en direction du campus.

— Merci pour le trajet, dit Harper en me regardant.

Elle tend la main vers la mienne sur le volant, et je la lui donne.

Elle est restée silencieuse depuis notre départ.

Un peu trop silencieuse à mon goût.

— Tu n'avais vraiment pas besoin de me ramener pour ensuite devoir retourner—

— Je ne retourne pas là-bas, dis-je en lui jetant un bref regard. Et tu dois encore étudier. Est-ce que par hasard tu as apporté les notes du cours ?

— Tu m'as dit de ne pas les emporter, répond Harper en dégageant sa main de la mienne.

Elle change de position sur son siège.

— Je n'arrive pas à savoir si tu es en colère contre moi, dis-je.

Sa jambe s'agite nerveusement. Cette fille semble incapable de rester immobile.

— Je suis en colère contre moi-même, et je ne veux pas que tu aies des ennuis avec ton père. Tu ne peux pas simplement éviter d'y retourner parce qu'il a des hommes—

Je pose ma main sur son genou pour essayer de la calmer.

— Dante m'a parlé avant notre départ. Il m'a dit de ne pas m'inquiéter pour ce week-end, mais j'y serai de vendredi à dimanche.

— Oh.

Elle laisse échapper un léger soupir. Je demande :

— C'est du soulagement ou de l'inquiétude ?

— Est-ce que ça ne peut pas être les deux ? Je

suis contente que tu n'aies pas à y retourner ce soir, mais je n'aime vraiment pas l'idée que tu y ailles du tout...

— Je sais, dis-je.

Ce n'est pas comme si c'était l'avenir que j'avais imaginé pour moi non plus, mais je le fais pour *elle* et, maintenant, pour Zeke aussi.

Le silence remplit l'espace entre nous et je serre sa cuisse avant de remettre ma main sur le volant.

— Est-ce que tu te souviens des concepts de notre quiz d'économie par hasard ?

— Les courbes d'offre et de demande, répond Harper.

— Oh, ça c'est facile.

Harper rit.

— Je sais, c'est pour ça que je m'en souviens. C'est le seul concept que j'ai compris, et c'est parce que toi et moi l'avons revu il y a quelques semaines. Le reste...

Elle fait un geste de sa tête vers la fenêtre.

— Tout s'est envolé dès qu'on me l'a expliqué.

— Ok, quand nous serons de retour sur le campus, tu vas venir étudier avec moi pendant une heure ou deux avant que je te dépose pour la nuit.

Harper reste silencieuse.

— Ça te convient ?

Son silence m'inquiète.

— Je pensais que je pourrais peut-être passer la nuit avec toi. Juste pour ce soir, dit Harper.

Je sens son regard sur moi, elle m'observe attentivement.

Mon corps désire sa présence, sa chaleur, la sensation de sa peau contre la mienne. J'ai des rêves d'elle, mais *juste pour ce soir* est loin d'être suffisant.

Et puis il y a Zeke.

Mis à part l'évidence qu'elle m'a menti à son sujet et qu'elle l'a gardé secret, je ne peux pas la laisser s'approcher trop près de moi, que nous devenions *réels*. Pas si je suis forcé de travailler pour mon père.

Zeke mérite mieux.

Harper aussi.

— Je ne pense pas que ce soit une bonne idée, dis-je, et mon cœur souffre quand je lui réponds.

Elle soupire tout doucement.

— Tu ne me pardonneras jamais, n'est-ce pas ?

Sa question est à peine plus qu'un murmure.

Harper ne comprendra jamais d'où je viens, les choses que j'ai vues en tant qu'enfant de la mafia, et je ne veux pas ça pour Zeke.

Je ferai tout ce que je peux pour protéger la famille, *ma* famille – Harper et Zeke – même si cela signifie briser des cœurs.

SIX

HARPER

— Quand est ton prochain match de hockey ?

— Pourquoi ? Tu as hâte de venir m'encourager ? me répond Ashton.

Je lui lance une frite. Je suis assise en face de Kensley, et Ashton est entre nous à la table du déjeuner.

On dirait que chaque fois que je vais déjeuner avec Kensley, Ashton se pointe sans invitation.

Je rétorque en riant :

— Ce n'était pas ma première pensée.

— Harper va encourager Luca. J'ai raison ? demande Kensley avec un regard suggestif.

Elle ne sait toujours rien du mariage à venir, de

Zeke, ou des nouveaux arrangements de logement en préparation.

J'ai caché tellement de choses à Kensley, elle va absolument me détester quand elle va découvrir que je lui ai menti.

— Ces deux-là, c'est quelque chose, dit Ashton entre deux bouchées de son hamburger. Je vous jure, vous deux, vous essayez de me compliquer la vie.

— Pourquoi ça ? demande Kensley. Luca t'a envoyé ici pour des renseignements ? Parce que s'il évite encore Harper...

J'adore à quel point Kensley est protectrice envers moi.

— Luca et moi, ça va, dis-je.

J'attrape une autre frite de mon assiette et la croque. La nourriture est une distraction facile pour éviter de parler de Luca.

— Ça va, répète Kensley. D'habitude, « ça va » signifie que c'est la merde, mais je ne veux pas en parler.

Exactement.

Kensley ne semble pas abandonner, cependant.

— On peut aller au match, et ensuite tu es libre ce week-end ? Tu m'as laissée tomber samedi dernier. J'espérais qu'on pourrait faire un marathon de films romantiques de Noël. C'est la saison.

Intérieurement, je grommelle, mais je force un sourire.

— Je suis libre samedi.

Je n'élabore pas sur le week-end dernier.

Ashton m'observe avec trop d'intensité, se demandant probablement si je vais craquer.

Je le fusille du regard et lui demande :

— Quoi ?

— Mon Dieu, Harper. Toi et Luca, vous vous envoyez en l'air, n'est-ce pas ? demande Kensley.

— Est-ce qu'on s'envoie en l'air ?

Je hausse un sourcil devant son choix d'expression.

Ashton sourit d'un air narquois, savourant l'échange entre nous deux. Il mange son burger mais il est complètement absorbé par notre conversation. J'aimerais qu'il ne soit pas à table, mais à moins de lui dire de bouger son cul, il ne semble pas avoir l'intention de s'en aller de sitôt.

— Ne commence pas.

Je le pointe du doigt, l'avertissant de la fermer.

Apparemment, ma menace est suffisante pour susciter une réponse de sa part.

— Kensley a raison. Tu sembles vraiment agitée. Je pense qu'une bonne baise réglerait ça.

Je fusille Ashton du regard :

— Et tu proposes ?

Il pose son burger et lève les mains en signe de reddition.

— Je ne suis pas assez fou pour faire cette proposition. Ton petit ami me tuerait.

Kensley nous dévisage, Ashton et moi.

— Donc, Luca *est* ton petit ami. Je savais qu'il y avait quelque chose entre vous, mais vous ne vous parliez plus, d'après ce que tu m'as dit la dernière fois.

— On va bien.

Je grommelle, souhaitant vraiment que cet interrogatoire entre ma meilleure amie et le meilleur ami de Luca disparaisse.

Je lance un regard noir à Ashton.

— C'est pour ça que tu te joins à nous pour déjeuner tout le temps ?

Il secoue la tête, ne comprenant pas ma question.

— Tu es le meilleur ami de Luca.

Je constate l'évidence.

— Est-ce que tu lui rapportes tout ce que je dis ?

— Je te promets que je ne rapporte rien à Luca, dit Ashton. Il est un peu con en ce moment. On s'évite.

— Et sur la glace ?

— À l'entraînement, il est complètement en

mode match. Rien d'autre ne semble avoir d'importance.

Ashton finit la dernière bouchée de son burger.

— Comment ça s'est passé avec Zeke ce week-end ?

Mes épaules se crispent alors que je regarde d'Ashton à Kensley.

Fallait-il vraiment qu'il mentionne mon fils ?

Est-ce qu'il essaie de me faire chier ou juste de s'assurer que je perde ma seule amie sur le campus ?

Kensley regarde d'Ashton à moi.

— Qui est Zeke ? C'est pour ça que tu m'as laissée tomber ce week-end ? Pour un autre mec ?

Ses joues rougissent et je sens qu'elle devient en colère contre moi.

— Et tu viens de dire que tu sors avec Luca ? C'est quoi ce bordel, Harper ?

Je repousse mon plateau de frites. Je n'ai plus faim.

Ashton sourit narquoisement et en vole une de mon assiette.

Quel gamin.

— Alors, qui est Zeke ? demande à nouveau Kensley, et je peux sentir sa frustration.

— C'est mon fils, dis-je en évitant son regard.

Kensley s'arrête un moment, penche la tête et me fixe, perplexe.

— Tu as un fils, répète-t-elle lentement, le temps que l'information fasse son chemin. Où est-il maintenant ?

Son ton est doux, sa voix étrangement réconfortante dans la mesure où elle ne s'emporte pas contre moi.

Du moins pas pour le moment.

— Il vit chez mes parents jusqu'au semestre prochain.

C'est comme un pansement qu'il faut arracher d'un coup, pour tout lui révéler.

— Que se passe-t-il le semestre prochain ? demande Kensley.

— Le mariage, répond Ashton en se penchant en arrière dans sa chaise avec un sourire narquois.

— Salaud, dis-je à son intention.

J'attrape mes frites et lui en lance une poignée.

Ashton ne tente même pas de les éviter. Il les laisse simplement tomber contre son torse. Il les brosse, pas le moins du monde vexé par ce que j'ai fait.

— Attends. Tu te maries ? C'est avec Luca ? Luca est le père ? demande Kensley en essayant de comprendre cette révélation.

— Luca n'est pas le père, mais oui, nous sommes fiancés, dis-je assez calmement.

— Donne-moi ta main, dit-elle en tirant mon bras à travers la table, la déception gravée sur son visage. Pas de bague ?

Comment Kensley peut-elle être si calme face à la nouvelle des fiançailles ? Je m'attendais à ce qu'elle me crie dessus, me dise que je faisais la plus grande erreur de ma vie.

— Ce n'est pas comme si on nageait dans l'argent.

Je plaisante en retirant ma main de la sienne pour la remettre sur mes genoux.

— Sa mère nous a proposé de nous acheter des alliances, en cadeau.

— C'est gentil, dit lentement Kensley, comme si son cerveau essayait d'assimiler toute la situation. Et tes parents ? Et ton fils ? J'ai tellement de questions, Harper.

Ashton ne dit pas un mot ; il se contente d'observer et d'écouter. Je ne suis pas sûre de ce que Luca lui a dit, si toutefois il lui a dit quelque chose, à propos du week-end dernier quand nous sommes allés voir ses parents et avons dîné avec nos deux familles.

— Mes parents ne sont pas vraiment d'accord, et

depuis l'annonce des fiançailles, ils essaient de me refiler Zeke.

— Eh bien, c'est ton fils, dit Kensley. Attends. Quel âge a-t-il ?

— Deux ans, dis-je en soupirant.

Puis je sors mon téléphone de ma poche. Je fais défiler mes photos et je lui montre une photo de Zeke avec un énorme sourire qui laisse voir ses dents. Sur la photo, il essaie d'attraper mon téléphone, et son visage est assez proche de l'objectif.

— Mon Dieu, il est adorable. Ça me fait mal à l'utérus, dit Kensley en riant.

Ashton ricane puis tend la main, voulant voir la photo que j'ai montrée à Kensley.

— Il est vraiment mignon, dit Ashton, semblant assez surpris.

— Merci ?

Je ris et remets mon téléphone dans ma poche.

— C'est un petit démon. Maman est restée à la maison après mon accouchement, pendant que je finissais le lycée et obtenais mon diplôme. Elle a accepté de m'aider à l'élever pendant mes études universitaires. C'est une longue histoire, mais j'essaie de lui rendre visite les week-ends quand je n'ai pas besoin d'étudier. Quand je ne le vois pas, j'ai des appels vidéo avec lui, pour qu'il se souvienne de qui je suis.

— Je suis sûre qu'il sait qui tu es, dit Kensley avec un faible sourire. J'aurais vraiment aimé que tu me fasses assez confiance pour me parler plus tôt de ton fils, mais je comprends que c'était un énorme secret à porter.

La vérité, c'est que je ne voulais pas que Zeke soit un secret, mais c'était l'idée de mes parents. Ils voulaient que je garde le silence au lycée. J'ai été scolarisée à domicile dès que mes parents ont découvert que j'étais enceinte, puis, après la naissance de Zeke, l'année suivante, je suis retournée au lycée.

Je suppose qu'ils essayaient de me donner une vie normale.

Du moins c'est ce que je pensais, mais je crois que cela avait plus à voir avec mon éducation, ils voulaient s'assurer que je me concentre et que j'obtienne une bourse pour l'université. Parce qu'aucun d'eux ne pouvait se permettre de payer mes frais de scolarité.

— Attends, c'est pour ça que Luca et toi vous êtes disputés ? C'est à propos de Zeke ?

Kensley ne rate rien.

— Oui, dis-je en jetant un coup d'œil à Ashton,

espérant qu'il confirmera l'histoire à Kensley, parce qu'il est clairement hors de question qu'elle apprenne quoi que ce soit sur la mafia.

Ashton croise les bras sur son torse.

— Il était furieux que tu lui aies menti.

Il est toujours contrarié, mais je ne prends pas la peine de le mentionner à Kensley ou Ashton.

Parce que s'il me déteste pour toujours, notre prochain mariage n'aura jamais lieu. Et quand il aura lieu, cela n'aura pas le moindre sens pour qui que ce soit.

— Et il m'a pardonné, dis-je.

Mais je ne suis pas sûre qu'il m'ait complètement pardonné.

Le regard d'Ashton vacille, comme s'il savait que je mens, mais il ne dit rien à voix haute.

Luca est poli avec moi quand nous sommes en cours. Nous avons repris nos séances d'étude en économie, pour que je puisse maintenir mes notes pour ma bourse, mais les moments de complicité que nous partagions ne semblent plus être là.

Sauf quand nous sommes tous les deux coincés à faire semblant.

Et je pourrais vivre avec ça si je le dois, parce qu'au moins faire semblant avec Luca est préférable à ce qu'il arrive quoi que ce soit à Zeke.

Ces menaces de la famille Ricci me hantent encore et m'effraient. Je ne peux m'empêcher de regarder par-dessus mon épaule quand je suis seule la nuit, à me demander si quelqu'un va surgir des ombres pour m'attraper. Me faire du mal.

Mais la vraie peur vient de ce que je ne peux ni voir ni empêcher.

Zeke est avec ma mère, et je ne peux pas le protéger quand il n'est pas avec moi.

Peut-être que l'amener sur le campus le semestre prochain est la meilleure option, car au moins je pourrai veiller sur lui et m'assurer qu'il est en sécurité.

———

Kensley et moi arrivons tôt au match à domicile des Narvals. Nous portons toutes les deux des maillots de l'équipe et sommes assises au premier rang.

Je fais ça pour *lui*.

Je veux que Luca comprenne à quel point je tiens vraiment à lui, et cela implique d'assister à ses matchs.

Au moins ce soir, il n'y a aucun signe de Quinn, et bientôt, je n'aurai plus à m'occuper d'elle du tout.

J'ai hâte d'emménager avec les garçons, et même si je sais que ce ne sera pas facile, au moins Nova sera là aussi.

J'ai passé la semaine à me renseigner sur la garderie du campus et sur le fait qu'elle est ouverte aux étudiants pendant les heures de cours, ce qui est génial. J'ai inscrit Zeke pour qu'il y aille le semestre prochain pendant que je suis en cours et que j'étudie.

— Allez, Ashton ! crie Kensley alors qu'il arrache le palet aux Wolverines.

Je la regarde, curieuse de savoir si elle a le béguin pour lui.

— Ashton ?

— C'est le meilleur ami de ton copain, dit-elle à côté de moi avant de se lever.

Elle hurle et acclame lorsqu'il projette un autre gars contre la barrière.

Maintenant, elle me fait passer pour une mauvaise supportrice.

Luca nous aperçoit, et aussi vite que ses yeux se posent sur moi, ils retournent sur la glace, suivant le palet, le pourchassant. Aussi rapidement qu'il l'arrache aux Wolverines, ils le lui reprennent.

C'est un long match, sans aucun but dans la

première période et beaucoup de va-et-vient sur la glace à la poursuite du palet.

Le buzzer sonne la fin de la première période, et alors que les gars commencent à quitter la glace vers les vestiaires, Luca s'approche du plexiglas et me fait un signe de la main.

— Tu es venue, dit-il, sa respiration lourde.

Il est couvert de sueur et jette un coup d'œil à ses amis, quelques-uns l'attendent.

— Je voulais te soutenir, dis-je.

C'est vrai, il mérite au moins ça. C'est nul de savoir que son père désapprouve son choix de jouer au hockey. Si nous allons nous marier, je veux qu'il comprenne que je soutiendrai toujours ses décisions, quoi qu'il arrive.

— Je suis content que tu sois là. Peut-être que tu vas être mon porte-bonheur.

Il m'offre un sourire en coin puis se dépêche de quitter la glace avec le reste de ses coéquipiers qui l'attendent.

— Tu vois, tu n'es pas contente d'avoir acheté un maillot des Narvals ? demande Kensley en me donnant un coup de coude. Maintenant, tu as quelque chose à porter à chaque match.

— Chaque match...

Je n'avais pas vraiment pensé à assister à tous ses

matchs, mais ce serait amusant, surtout avec Zeke. Je devrais acheter à Zeke un de ces adorables casques pour bébé pour bloquer le bruit de la foule, mais je parie qu'il adorerait regarder Luca jouer au hockey.

Les joueurs reviennent sur la glace, et Luca est inarrêtable. Il parvient à voler le palet et fonce vers le but presque sans personne sur lui.

Il tire et marque.

L'excitation bouillonne dans l'arène alors qu'il se tourne pour me regarder.

Je suis debout, en train d'applaudir et de l'acclamer, souhaitant de tout mon cœur qu'il sache que je suis sa plus grande fan.

— Plus fort, me réprimande Kensley dans mon oreille. Il ne peut pas t'entendre.

Elle a probablement raison, mais j'ai l'impression de déjà crier plus fort que la foule.

———

Les Narvals battent les Wolverines, et à la fin du match, Luca patine vers nous.

—Attendez-nous. On aura fini dans trente minutes.

— Ok, bien sûr.

Il patine jusqu'aux vestiaires, et Kensley et moi

attendons pendant que les spectateurs commencent à se disperser.

Il faut presque une heure à Luca pour revenir, mais il rayonne d'excitation, et je suis incroyablement heureuse pour lui. Il sort des vestiaires et se faufile à travers les gradins pour se diriger vers notre allée.

— Tu as été super ! dis-je alors qu'il m'entoure de ses bras.

Il me serre contre lui, et pendant un moment, je ne sais pas s'il est heureux de me voir ou si tout cela n'est qu'un jeu parce que nous sommes forcés de nous marier.

Pour moi, ce n'est jamais un jeu.

— Merci. Je suis vraiment content que tu sois venue ce soir. Merci de l'avoir amenée, dit-il à Kensley.

— C'était entièrement l'idée de Harper, dit Kensley. Mais j'ai peut-être eu quelque chose à voir avec ça.

Elle pointe nos maillots des Narvals.

Luca me serre contre lui et son souffle se mêle au mien avant qu'il ne passe à l'attaque. Ses lèvres ont un goût sucré et une odeur unique de bois de santal et d'ambre. Ses cheveux sont encore humides de la douche récente, et quelques gouttes trouvent leur chemin sur ma peau.

Je me penche vers lui, ma langue cherchant à entrer dans sa bouche, j'oublie momentanément que Kensley se tient à côté de nous, et le monde semble s'évaporer.

Ses doigts agrippent mon maillot pour me garder serrée contre lui. Je jure que je peux sentir son cœur battre à travers sa poitrine.

Kensley s'éclaircit la gorge.

— Je devrais peut-être y aller ? suggère-t-elle.

Je ne veux pas rompre notre baiser parce que je ne sais pas quand Luca m'embrassera à nouveau, quand est-ce qu'il me touchera comme s'il le pensait vraiment.

Et je ne sais pas s'il le pense vraiment. Je soupçonne qu'il *simule* notre relation de la même façon qu'il l'a simulée avec nos parents.

Des sentiments sont impliqués. Je sais qu'il tient encore à moi, mais il est devenu plus distant ces derniers temps, et ça me fait mal de me demander si j'aurai un jour vraiment son cœur.

— Non, répond Luca d'une voix rauque, sa respiration lourde alors qu'il s'écarte du baiser et met fin à notre emportement.

J'aurais aimé que ça dure plus longtemps. Je pourrais passer toute la nuit à l'embrasser.

— Les gars se retrouvent à la maison après le match. Tu es la bienvenue, Kensley, dit-il en prenant ma main et en entrelaçant nos doigts.

Il porte nos mains jointes à ses lèvres et embrasse ma paume. Des papillons voltigent dans mon ventre, et je me hisse sur la pointe des pieds pour voler un autre goût de ses lèvres.

Parce qu'avec Luca, un baiser ne suffit pas. Je le désire depuis la nuit où nous nous sommes retrouvés au lit ensemble, il y a quelques semaines.

Mais ces quelques semaines me semblent des mois, voire des années, tant j'ai envie de me glisser à nouveau dans son lit.

Il sourit et m'embrasse sur la joue.

— Vous venez avec moi, les filles ?

— Si tu as de la place pour nous deux, dit Kensley.

— Il y a toujours de la place pour l'amour de ma vie et sa meilleure amie.

Il continue de jouer la comédie, et bon sang, mon cœur y croit à chaque fois.

———

En entrant dans sa maison, la plupart de ses coéquipiers célèbrent la victoire. Les bières circulent, et Ashton est sur le canapé avec Nova.

— Ne la laisse pas boire ! lance Luca en montrant Nova du doigt.

— Oh, allez, j'ai le même âge que Harper maintenant. Tu ne peux plus me commander.

— Tu n'as toujours pas vingt et un ans. Tu n'as pas école demain ?

Luca lui lance un regard noir.

— Journée pédagogique, peu importe ce que ça signifie. J'ai congé. Papa sait que je dors chez toi.

— Merveilleux, répond froidement Luca. Je vais nous chercher à boire, je reviens tout de suite.

Il dépose un rapide baiser sur ma joue et s'éloigne rapidement.

Il est probablement content de se débarrasser de moi un moment. Je m'attends à ce qu'il soit absent plus que quelques minutes.

Kensley me donne un coup de coude et me chuchote à l'oreille.

— Tu sais qui est cette fille ?

— C'est sa petite sœur, dis-je.

Maintenant que je sais qui elle est, je n'éprouve plus aucune jalousie. Il s'avère qu'elle est plutôt sympa.

— Harper ! s'exclame Nova, les yeux écarquillés en quittant précipitamment le canapé pour venir vers moi.

Elle me prend dans ses bras et me serre fort contre elle.

Je dois admettre que c'est agréable. Et le meilleur, c'est que c'est sincère, contrairement à l'affection de Luca envers moi.

Je présente Nova et Kensley.

— Nova va nous rejoindre sur le campus le semestre prochain, dis-je.

— C'est super, dit Kensley. Tu sais déjà dans quelle résidence tu vas t'installer ?

— Pas de résidence. La mère de Luca a joué de son influence, et on va emménager dans une propriété sur le campus, une maison de l'autre côté de la ville.

— Quoi ?

Kensley me regarde.

— Tu ne m'as pas dit que tu laissais tomber Quinn. Comment as-tu pu oublier de me dire ça ?

Je ris doucement.

— J'ai mentionné que Zeke allait vivre avec moi, ce ne sera pas dans les dortoirs.

—Ah, c'est vrai.

Kensley fait une pause et hoche la tête. Son attention se reporte sur Nova.

— Alors, toi et Ashton...

Est-ce que Kensley a un faible pour Ashton ?

Nova jette un coup d'œil vers lui sur le canapé et sourit. Il y a quelque chose là – un sourire que je n'avais jamais vu avant.

— On n'est pas ensemble, on est juste amis, mais je veux dire, c'est Ashton Rinaldi, dit-elle avec tant de conviction que c'est difficile à ignorer.

— Je vois, dit Kensley avec un sourire. Tu l'aimes bien.

Ses yeux s'écarquillent d'horreur.

— Chut ! Tu ne peux pas dire des trucs comme ça ici. Tu vas mettre Luca en rogne...

— Désolée !

Kensley s'excuse rapidement.

— Je ne dirai rien. Promis.

Elle ferme ses lèvres d'un geste et fait semblant de jeter la clé.

— Merci, dit Nova en expirant profondément.

Elle jette un nouveau regard vers Ashton, et il y a définitivement quelque chose qui traverse ses traits.

De l'envie ?

Du désir ?

S'est-il passé quelque chose entre eux ?

Ashton n'en a jamais parlé, mais d'après ce que Luca m'a raconté, il couche avec toutes les filles du campus, surtout les premières années et celles qui flirtent avec lui en lui parlant de hockey.

Mais il ne couche jamais deux fois avec la même fille, ce qui m'inquiète pour Nova.

Si elle l'aime vraiment, je ne veux pas qu'elle ait le cœur brisé.

— Fais juste attention avec lui, dis-je en gardant ma voix basse.

Avec la foule, il est peu probable que quelqu'un d'autre m'entende, et je peux voir que Nova peine à entendre mon avertissement.

— Tu n'as pas à t'inquiéter pour moi. Mon Dieu, toi et Luca vous vous ressemblez tellement, dit Nova avec un rire nerveux. Tu vas être mon prochain grand protecteur ? Et dire que j'étais sur le point de te demander comment tu vas et de te dire que tu m'as manqué ce week-end.

— Je vais bien, et tu m'as manqué aussi.

Le dîner aurait été beaucoup plus facile si Nova et ses parents avaient été là. Peut-être qu'ils auraient pu être le tampon dont nous avions désespérément besoin.

Je l'attire pour un autre câlin et lui murmure à l'oreille :

— J'ai besoin de quelqu'un dans mon camp.

Nova est la seule en qui je peux avoir une confiance absolue.

Ce n'est pas que je ne fais pas confiance à Kensley – c'est ma meilleure amie – mais je ne peux pas lui parler de ce qui s'est passé chez les parents de Luca.

Je ne peux pas parler du petit garçon disparu que j'ai trouvé enfermé dans la cave ou du fait que ses parents sont des mafieux.

Au moins Nova est au courant de tout. Elle est quelqu'un à qui je peux me confier sans craindre qu'elle ne me fasse tuer.

Du moins, je ne pense pas qu'elle ait une raison de me détester.

Nova se recule et sourit sincèrement. Elle me serre le bras.

— Tu peux compter sur moi, ma belle. Je ne vais nulle part.

Kensley nous observe avec une curiosité intense, puis Luca revient d'un pas nonchalant, deux bières à la main, et il m'en offre une.

— Tu offres une bière à Harper mais pas à moi ? On a le même âge, crétin.

Nova lance un regard noir à Luca, et je jure

qu'elle est sur le point de commencer une bagarre avec lui.

Je lui tends ma bière.

— Tiens, prends-la.

— Harper ! grogne Luca.

Je pousse Nova vers le canapé.

— Va tenir compagnie à Ashton, il a l'air seul.

Nova prend volontiers la bouteille de bière mais fait semblant de lancer un regard noir à Ashton puis à moi.

— Sérieusement ? Comme si je ne le voyais pas déjà assez.

Mais d'après les regards et la conversation de tout à l'heure, je soupçonne sincèrement qu'elle est aussi douée pour faire semblant de ne pas aimer Ashton que Luca l'est pour faire semblant de m'aimer.

Luca me regarde toujours d'un air renfrogné.

— Je n'arrive pas à croire que tu lui as donné cette bière.

— Tu n'auras plus à t'inquiéter très longtemps, dis-je.

— Pourquoi ça ? demande-t-il en s'approchant, envahissant mon espace personnel.

Il écarte une mèche de cheveux de mes yeux.

— Le semestre prochain, Nova et moi allons habiter ici, avec Zeke.

Il m'observe un moment, alors que la réalisation plante peu à peu sa graine. Sa vie est sur le point de changer.

— On trouvera simplement un autre endroit pour célébrer après une victoire, dit Luca, mais il y a quelque chose d'autre derrière son regard que je n'arrive pas tout à fait à saisir.

Kensley jette un coup d'œil à Luca.

— Certains de tes amis sont célibataires ? demande-t-elle.

Il rit tout bas.

— Bien sûr, mais ça dépend. Tu cherches une aventure ou une relation ?

— Je n'ai pas besoin de me marier, dit-elle en fixant Luca, et j'ai l'impression qu'elle lance une pique, mais je ne sais pas pourquoi.

Kensley m'a soutenue à cent pour cent concernant les fiançailles et la découverte que j'ai un fils.

Il rit sombrement et boit une gorgée de sa bière.

— Ashton ne s'intéresse qu'aux coups d'un soir.

Il désigne son autre colocataire, que j'ai à peine vu dans la maison.

— Liam préfère les amis avec avantages, d'après

ce que j'ai entendu. Ensuite, il y a Chase, qui est récemment devenu célibataire, et je suppose que ce serait du sexe uniquement pour passer outre. Il est encore accroché à son ex.

Kensley regarde les gars que Luca a désignés puis se tourne vers moi.

— Je pense que tu as eu de la chance et que tu as choisi le bon.

Elle me tapote le bras.

— Je vais aller me mêler aux autres.

— D'accord, dis-je en souriant.

Je la regarde s'éloigner dans la foule. Je ne sais pas comment elle fait. Je déteste les foules. La maison en ce moment me semble écrasante, mais avec Luca à mes côtés, je me sens au moins un peu mieux.

— Comment ça va ? me demande-t-il de ses lèvres qui frôlent mon oreille.

— Ça va.

Il me regarde fixement, comme s'il attendait une vraie réponse.

— Tu sais que je ne suis pas fan des fêtes.

— Tu veux monter, qu'on reste juste tous les deux ? demande Luca.

J'acquiesce en silence et il prend ma main pour m'emmener à l'étage dans sa chambre. Il ferme la porte derrière nous et les bavardages et le bruit semblent s'estomper derrière la porte close.

Même si j'entends encore l'agitation, elle est étouffée.

Mon cœur ralentit jusqu'à un rythme régulier. Je n'avais pas réalisé qu'il s'était emballé.

Je désigne son lit et lui demande :

— Je peux m'asseoir ?

— C'est aussi ta chambre, dit-il. Ça le sera assez tôt.

Ma bouche s'entrouvre et un léger soupir m'échappe. Je n'avais même pas envisagé que nous *partagerions* une chambre.

— Quoi ?

— Je pensais simplement que nous aurions chacun notre propre chambre dans le nouvel appartement.

Les yeux de Luca brillent, mais il n'y a pas de sourire sur son visage. Il s'approche et m'invite à m'asseoir sur le lit à côté de lui. Peut-être qu'avoir un peu de temps seuls, juste tous les deux, est une bonne idée.

Nous avons encore tellement de choses à nous dire, et j'ai l'impression de ne presque plus le voir. Du moins, je ne le vois pas quand nous sommes seuls tous les deux et que nous pouvons parler librement.

— Ton fils, Zeke, aura sa propre chambre. À moins que tu préfères la partager avec lui et que nous dormions dans des chambres séparées. Notre mariage est pour la galerie, et tous ceux qui vivent sous notre toit connaissent déjà la vérité sur notre relation.

— Je... je ne pensais pas que tu voudrais partager un lit avec moi, dis-je dans un murmure.

La seule fois où il a montré de l'affection, c'était quand il y était forcé parce que quelqu'un nous observait et qu'il jouait la comédie.

Il prend ma main entre les siennes.

— Je tiens vraiment à toi, Harper. Ne pense pas que mes sentiments ne sont pas sincères. Je n'aurais pas fait ça, suggéré ce mariage, si je ne tenais pas à toi.

— Je sais, dis-je en réalisant que ce n'est pas seulement un poids pour moi.

C'est un fardeau qu'il est également forcé de porter. Mon cœur me fait mal, mon estomac est noué, et je regarde fixement mes genoux, ne voulant pas qu'il voie la douleur gravée sur mon visage.

— Je suis désolée.

Des larmes coulent sur ma joue et je relâche son emprise sur sa main pour les essuyer.

Ce n'est pas ainsi que j'imaginais ma vie.

Zeke était une surprise.

Sa naissance a été une enfilade de montagnes russes émotionnelles, mais j'avais l'impression d'avoir enfin retrouvé mon équilibre, et maintenant, je déraille à nouveau.

Luca enroule ses bras autour de mes épaules et me tire contre lui. Son étreinte est chaude, ferme, et son souffle chatouille mon cou alors qu'il me serre fort.

— Chaque jour passé ensemble, je tombe davantage amoureuse de toi, dis-je entre mes larmes.

Je ne reçois que son silence.

Ce qui ne fait qu'intensifier mes larmes qui cascadent comme une chute d'eau, et aussi vite que j'essaie de les cacher, elles continuent de couler.

Mais il continue à me tenir, sans relâcher sa prise. Au contraire, il m'attire sur ses genoux.

— Je suis là, dit-il, et sa joue frôle la mienne.

Sa peau est chaude, et son toucher m'attire plus près. Je bouge légèrement, inclinant ma tête vers le haut alors que nos souffles se mêlent.

Je veux l'embrasser. Je désire sentir son corps contre le mien, chaque centimètre de lui nu, mais je crains qu'il ne s'éloigne comme il l'a fait ces deux dernières semaines.

— Harper...

Il gémit mon nom alors que nos lèvres ne se sont même pas encore touchées. Mais ce seul son suffit à éveiller tous mes sens.

J'entrelace mes doigts dans ses cheveux et je comble lentement l'espace entre nous, sans effort, alors que je le savoure. Sa bouche contre la mienne est comme du feu, et je n'en ai jamais assez.

Ses mains parcourent mon corps. Une main appuie contre ma hanche et me maintient contre lui, me gardant fermement sur ses genoux.

Le bout de ses doigts effleure l'ourlet de mon t-shirt, puis trouve ma peau nue alors qu'il remonte légèrement le tissu, son toucher taquinant la ceinture de mon jean.

Mes lèvres sont soudées aux siennes ; ces baisers brûlants sont loin d'être suffisants.

J'ai envie de lui.

J'ai besoin de lui.

Une main reste sur ma hanche, l'autre caresse ma joue, puis ouvre ma bouche, approfondissant le baiser.

Mon besoin n'a d'égal que le sien.

Le désir se mêle à la nécessité tandis qu'il

m'entraîne vers l'arrière, plus loin sur le matelas, et s'allonge pour me laisser m'étendre au-dessus de lui.

Il garde un bras enroulé autour de ma hanche et ne me laisse pas sortir de son emprise.

Je bouge légèrement pour chevaucher complètement ses hanches, et Luca gémit quand je me frotte contre lui.

— Si tu ne veux pas aller jusqu'au bout ce soir, alors nous devons nous arrêter maintenant, grogne Luca.

Il essaie d'être un gentleman.

Merde, je le désire depuis la nuit où j'ai rampé dans son lit, et je n'ai pas cessé de le vouloir, pas une seule fois.

Je bouge légèrement pour porter mes mains à ma taille afin de retirer le maillot.

— Garde-le, dit Luca en me souriant. J'aime te voir dans mon maillot. Je vais te baiser avec si tu veux bien.

Ma chatte se contracte à ses mots et mes lèvres capturent les siennes. Je défais le bouton de mon jean, que je dézippe à la hâte avant de l'envoyer d'un coup de pied au sol.

Vêtue uniquement de ma culotte et du maillot des Narvals, j'ondule contre ses hanches, sentant l'effet que cela lui fait.

— Tu vas me tuer, gémit-il.

Je dépose un baiser sur ses lèvres puis descends vers son cou. Je soulève lentement son t-shirt, traçant un doux motif de baisers chauds et de caresses légères sur sa poitrine tout en l'aidant à se déshabiller.

Il gémit sous mes caresses, son corps réagit à chaque contact sur sa peau nue alors que je le mets en boxer uniquement.

Il me retourne et prend le contrôle. Ses mains remontent de mes hanches sous mon maillot.

— Tu portes encore trop de vêtements.

Il arrive à mon soutien-gorge et pince l'attache.

Il s'écarte de moi juste assez longtemps pour que je retire mon soutien-gorge pendant qu'il jette son boxer vers la porte, puis il descend le long de mon corps et ses doigts s'accrochent à l'élastique de ma culotte pour la faire glisser le long de mes cuisses.

— Tu as été sage pour moi ? demande Luca en me fixant droit dans l'âme.

Je me mords les lèvres, incertaine de ce qu'il me demande.

— Tu t'es touchée depuis que je t'ai fait jouir ? précise-t-il.

Mes yeux s'écarquillent et mon souffle se bloque dans ma gorge.

— Tu l'as fait, n'est-ce pas ? Quand tu seras ma femme, le seul qui te fera jouir, ce sera *moi*.

Je gémis faiblement, et ma tête bascule en arrière alors que son souffle chatouille l'intérieur de mes cuisses. Il me taquine délibérément et il adore ça.

— Tu veux que je te touche ?

— Oui, dis-je en emmêlant mes doigts dans ses cheveux.

Il rit doucement et embrasse mes cuisses, s'approchant centimètre par centimètre de mon centre brûlant, mais il prend tout son temps.

— Tu me tues...

Je grogne d'impatience.

— Alors supplie-moi, dit-il.

Ses yeux gris transpercent les miens.

— Est-ce que tu vas me supplier de te baiser avec ma langue ?

Son souffle chatouille les lèvres de mon sexe alors qu'il laisse ses lèvres s'approcher davantage, et je me soulève vers lui.

— Pas encore, ordonne-t-il. Tu ne m'as pas supplié pour ce que tu veux.

— Je veux sentir ta langue sur moi.

Ma voix est rauque, elle me trahit car je halète déjà, mon cœur s'emballe, et il m'a à peine touchée.

— Gentille fille, murmure-t-il, et sa bouche descend sur mon sexe.

Sa langue me taquine, me lèche tandis que ses mains tiennent mes hanches pour me maintenir contre lui alors que je commence déjà à trembler.

Mes yeux se ferment et mes lèvres s'entrouvrent, je sens déjà la chaleur se répandre dans mon corps.

— Regarde-moi, bébé, dit Luca.

Je lutte pour soutenir son regard.

— J'aime quand tu m'écoutes.

Un sourire s'étale sur son visage et sa bouche redescend pour m'amener au bord de l'orgasme avant de s'éloigner.

— Enfoiré, dis-je dans un murmure, et il rit.

— Tu es tellement sexy quand tu es excitée et frustrée, dit Luca.

Je lui fais un doigt d'honneur, et il me bondit dessus, me plaque sur le lit et immobilise mes mains dans sa poigne.

— Tu es incroyablement sexy, dit-il, et je sens mon corps fondre rien qu'à ses mots. Voyons à quel point tu es prête pour moi.

Ses doigts taquinent mes plis, puis il glisse un doigt à l'intérieur qu'il recourbe, et je bouge légèrement pour trouver ce point sensible.

Les paupières mi-closes, je le regarde, mais la lutte est réelle, et je laisse mes yeux se fermer.

— Est-ce que tu viens de ronronner ? murmure Luca à mon oreille alors qu'un doux gémissement s'échappe de mes lèvres. Putain, c'est terriblement excitant.

Sa bouche est sur la mienne tandis qu'il guide deux doigts épais en moi et me caresse.

Son toucher est comme du feu, il envoie des étincelles à travers tout mon corps alors que la chaleur m'envahit entièrement, et quand il pousse un troisième doigt en moi, mes parois se resserrent, et je sens les prémices de mon premier orgasme qui s'annonce.

Il continue de me caresser avec ses doigts, les recourbant en moi tandis que ses lèvres capturent ma bouche. Sa langue pousse entre mes lèvres quand je me cambre vers lui pour poursuivre la vague avant qu'elle ne s'abatte.

Mon cœur cogne contre ma poitrine, mon corps tremblant sous son emprise, alors que je gémis et frissonne, lâchant enfin prise.

Il me faut quelques secondes pour reprendre mon souffle, et Luca retire ses doigts.

— J'adore te regarder jouir pour moi, dit Luca.

Il embrasse mes lèvres tandis que je mordille sa lèvre inférieure avec un sourire espiègle.

— Je veux te goûter aussi, dis-je.

Je descends le long de son corps et je nous fais rouler pour qu'il se retrouve sur le dos. Je descends sur son corps, mon souffle taquinant son gland avant que ma langue ne s'avance pour le toucher. Je laisse une traînée de baisers le long de sa longueur, écoutant chaque son qu'il émet, les mémorisant tous.

À chaque coup de langue, sa respiration s'accélère. Je laisse mes doigts effleurer sa verge, mon toucher à la fois doux et ferme tandis que je le prends plus profondément entre mes lèvres.

— Putain, Harper, gémit-il.

Ses doigts s'emmêlent dans mes cheveux et me tirent en arrière.

— Pas comme ça, murmure-t-il.

— Tu ne veux pas que je te fasse jouir ?

Je le regarde, haletante, alors qu'il me remet sur le dos.

— Putain, tu es si bonne, mais je veux que ta chatte m'avale, murmure-t-il à mon oreille. Je préfère te sentir enveloppée autour de ma queue.

Il me plaque contre le lit et je déteste admettre que j'adore cette sensation quand il me domine.

C'est nouveau pour moi de laisser quelqu'un d'autre prendre le contrôle, et Luca coche définitivement toutes ces cases.

Il tend le bras vers la table de chevet et prend un préservatif qu'il enfile sur son sexe avant de se positionner à mon entrée.

— Tu es tellement sexy, Harper.

Il me regarde, glisse une main sous le maillot et caresse mon sein, tandis que l'autre reste fermement posée sur son sexe.

Il frotte son gland contre ma chatte, me rendant nerveuse et impatiente.

Je bouge mes hanches pour essayer de le rapprocher et de le guider en moi, mais il préfère prendre son temps et étirer chaque seconde jusqu'à l'éternité.

Une douce torture infernale. Je gémis :

— Je veux que tu me baises, Luca. S'il te plaît.

Je semble désespérée, mais j'ai tellement envie de lui, comme je n'ai jamais eu envie de personne avant.

Je ne suis clairement pas au-dessus des supplications.

Si c'est ce qu'il faut pour qu'il me donne ce dont j'ai envie – sa queue – alors soit.

— Gentille fille, murmure-t-il en couvrant mes lèvres des siennes. J'aime quand tu me supplies.

Mais il n'enfonce toujours pas son sexe en moi.

— Tu vas me baiser ou juste en parler ?

Je suis déjà essoufflée de désir et la frustration commence à monter.

Il ricane en guidant son épais membre en moi.

— Regarde comme tu me prends bien, murmure-t-il à mon oreille avant de mordiller mon lobe.

Il bouge avec moi, ses hanches claquent contre les miennes à chaque poussée, et je griffe son dos, désirant encore plus de contact avec lui.

Je le prends plus profondément, j'enroule mes jambes autour de lui pour ne pas le laisser partir alors que je synchronise mes mouvements, ondulant contre lui.

— Continue comme ça, grogne-t-il, et je vois l'euphorie voiler ses traits.

Il lutte pour garder ses yeux sur moi, ses bras de chaque côté tandis qu'il maintient son élan, et il est au bord du gouffre.

— Putain, tu es si bonne, halète-t-il.

Je peux voir sa lutte alors que son corps se rapproche de la délivrance.

Je me resserre autour de sa queue, l'étreignant

tandis que l'orgasme commence à me traverser, et la chaleur inonde mes sens.

— Jouis avec moi, dis-je à son oreille.

Ma langue taquine le point sensible sur son cou qui semble l'exciter.

— Je suis si proche, Luca.

— Tu vas me tuer, halète-t-il, et je sais qu'il est proche aussi.

Il gémit et ses souffles et la sensation de lui en moi suffisent à m'envoyer à nouveau dans l'oubli.

Je n'ai pas besoin de lui dire que je jouis. Mon dos s'arque loin du matelas, mes orteils se recroquevillent et le gémissement me déchire tandis que mes mains griffent son dos et descendent jusqu'à ses fesses pour le rapprocher et le serrer, comme si j'avais besoin de le sentir enfoui aussi profondément que possible en moi.

Et c'est seulement alors que je sens Luca lâcher prise. Son corps tremble et se tend, haletant alors qu'il finit par s'effondrer sur moi.

Ensuite, il m'attire contre lui, le préservatif jeté et les lumières éteintes. La musique pulse encore à travers les murs car la fête n'est pas terminée, mais rien de tout cela n'a d'importance.

C'est juste nous deux ensemble, dans notre petit monde à nous.

Le bras de Luca me tient près de lui tandis que mon dos est blotti contre lui.

Sa respiration lente et régulière caresse mon cou alors que nous sommes allongés ensemble au lit.

— Merde, marmonne-t-il contre mon cou avant de déposer un baiser paresseux sur ma peau nue.

— Qu'est-ce qui ne va pas ?

Je me tourne légèrement pour le regarder.

Il me serre plus fort.

— Nova est en bas. Elle va avoir besoin d'un lit pour cette nuit. D'habitude, je la laisse dormir ici et je prends le canapé.

Il roule sur le dos et je me déplace pour poser une jambe sur ses hanches.

— Elle peut prendre le canapé, dis-je.

— Oui, mais si certains des gars restent, je ne veux pas qu'ils tentent quoi que ce soit ou la mettent mal à l'aise.

Il se tait un moment, et je ne peux m'empêcher de penser qu'il s'est endormi.

— Ashton sait ce que je ressens à propos de Nova qui dort ici quand on fait des fêtes. C'est un bon ami. Je suis sûr qu'il va lui offrir son lit.

SEPT

NOVA

La bière que Harper m'a donnée est absolument dégoûtante. Pas étonnant qu'elle me l'ait offerte. Elle a un goût de pisse.

Non pas que j'aie déjà bu de l'urine, je suppose simplement que c'est ce goût-là parce que c'est tellement affreux.

Je prends une bouteille d'eau et m'affale sur le canapé à côté d'Ashton. Je lui demande sans détour :

— Pas de plan cul ce soir ?

Je suis parfaitement consciente qu'il a le statut de séducteur écrit partout sur lui.

— Tu vois beaucoup de jolies filles ici ? me réplique Ashton.

Je jette un coup d'œil autour de moi et je sais

qu'il a raison. La soirée a été organisée à la dernière minute. Exclusivement parce qu'ils ont gagné haut la main.

S'ils avaient perdu, les gars seraient restés chez eux à se lamenter tout seuls.

— Je veux dire, il y a cette fille là-bas, dis-je d'un signe de tête pour ne pas faire de geste pour la désigner.

C'est une rousse, mignonne, mais habillée de façon peu flatteuse, pas que les gars se soucient beaucoup du style d'une fille. Mais elle parle à Chase, un autre joueur des Narvals.

— Ouais, je pense que Chase a la priorité sur elle.

— Je suis heureuse de te tenir compagnie, dis-je en haussant les épaules comme si ça ne me dérangeait pas d'être sa pote de soirée.

Enfin, ce n'est pas exactement ce que je veux concernant Ashton, mais je dois jouer prudemment. Je vais vivre avec lui dans quelques semaines. La dernière chose dont nous avons besoin, c'est d'une situation compliquée.

J'ai fait de mon mieux pour tempérer ces pensées, surtout devant mon grand frère. Je ne veux pas que Luca me force à vivre dans les dortoirs pendant mon premier semestre.

Peut-être que fantasmer sur Ashton est une mauvaise idée, mais putain, c'est Ashton Rinaldi et il est magnifique. C'est difficile de ne pas imaginer à quoi il ressemble nu.

Et je l'ai déjà vu torse nu.

C'est un sacré spécimen.

Je suis sûre qu'il le sait aussi. C'est probablement pour ça qu'il réussit à se taper la moitié d'Evergreen.

— Tu me fixes. J'ai une crotte de nez qui sort ?

Il s'essuie le visage et je le pousse amicalement.

— C'est dégoûtant, et tu es parfait. Je veux dire, tu as l'air parfait. Tu n'es pas désagréable à regarder. Je vais juste me taire maintenant.

Merde.

Je blâme les quelques gorgées de bière-pisse pour mon manque de retenue.

Ashton m'offre son sourire en coin et son nez se plisse légèrement.

Putain, c'est rare de voir ce sourire.

— Si je ne te connaissais pas mieux, je dirais que tu as le béguin pour moi.

Putain de merde.

— Dans tes rêves, Ashton, dis-je en le niant.

Il ne peut pas savoir.

Je veux dire, je l'aime bien. Je le veux, mais ce

truc – peu importe ce que c'est entre nous qui évolue lentement – ne peut pas prendre forme.

Luca tuerait Ashton.

— Tu as traversé quelques-uns de mes rêves, dit Ashton en prenant une autre gorgée de bière.

Oh merde. Est-ce qu'il vient vraiment de dire qu'il rêve de moi ?

Est-ce qu'il se fout de moi ? Ça ressemble à quelque chose qu'un ami de Luca ferait.

Mais c'est Ashton, il n'est pas juste n'importe quel ami ou colocataire de Luca. Je traîne avec Ashton depuis des mois. Merde, il m'a même laissée lui faire une manucure colorée sans sourciller.

Même mon frère n'était pas aussi disposé à me faire plaisir.

— Tes rêves ?

Je répète les mots, le souffle court. Je ne sais même pas comment répondre parce que c'est Ashton, et c'est cette attirance qui ne cesse d'évoluer dont je ne peux pas m'échapper, et je n'en ai pas envie.

Ashton s'étire et pose ses bras sur le dossier du canapé.

J'ai déjà vu cette manœuvre dans les films, quand un gars veut mettre son bras autour des épaules d'une fille.

Est-ce qu'il fait le timide ou est-ce qu'il se fout de moi ?

Je ne peux vraiment pas le dire, et je prends une autre gorgée de cette dégoûtante boisson à la pisse juste pour rassembler un peu plus de courage.

Malheureusement, ce n'est pas une potion magique qui donne instantanément du courage.

— Tu ne veux pas entendre parler de mes rêves, dit Ashton en me faisant un clin d'œil.

Mon corps se réchauffe et je me tourne sur le canapé pour lui faire face.

— Tu es en train de flirter avec moi, Ashton ?

Ses yeux se plissent et il sourit paresseusement.

— Ce serait si grave si je le faisais, Nova ?

C'est la façon dont il prononce mon nom qui envoie des frissons jusqu'à mes entrailles.

Ashton se penche plus près et ses lèvres effleurent mon oreille.

— Je n'arrête pas de penser à toi. Tu envahis toutes mes pensées, mes rêves. J'ai envie de t'embrasser.

Ma bouche s'entrouvre et je le regarde avec incrédulité. Si c'est un jeu, c'est cruel.

— Tu as envie de m'embrasser ?

Ma voix me trahit tandis que ma bouche s'assèche. Bon sang, je n'aurais jamais cru qu'un homme puisse me faire bouillir de l'intérieur avec une simple phrase.

Son pouce effleure ma joue, sa main sur ma mâchoire en train de guider ses lèvres vers les miennes.

— Dis-moi d'arrêter si tu n'en as pas envie, Nova.

C'est cette voix qui me fait frissonner quand il murmure mon prénom. Peut-être simplement parce que je suis complètement sous le charme d'Ashton Rinaldi.

Ses lèvres s'approchent et planent au-dessus des miennes, son souffle mêlé au mien alors qu'il s'arrête, attendant que je fasse le prochain mouvement, que je me penche ou que je recule.

Sa douce caresse contre ma joue m'attire, et je pose mes lèvres contre les siennes. Le baiser est d'abord doux et tendre, délicat et invitant.

Je ne veux pas que ça s'arrête, et je l'attire contre moi. Il a goût de bière et de quelque chose d'autre distinctement Ashton.

Il sent incroyablement bon. Il s'est douché après le match, et l'odeur fraîche persiste comme un parfum mêlé à un savon boisé qui chatouille mes sens.

C'est l'odeur Ashton, et je pourrais m'en imprégner éternellement.

Nos lèvres s'entremêlent et ses doigts se déplacent à la base de mon cou pour me tenir fermement et me rapprocher encore plus.

Je sens le désir monter et je grimpe sur ses genoux en l'enjambant.

Sa bouche est soudée à la mienne, mes mains caressent son dos et le serrent fort, comme si j'avais besoin de ne faire qu'un avec lui.

Ashton recule et nous haletons tous les deux. Il pose son front contre le mien et me fixe droit dans l'âme.

— Tu devrais te rasseoir sur le canapé si tu ne veux pas que ça aille plus loin, dit-il.

Mon cœur bat la chamade tandis que j'essaie de reprendre mon souffle. Puis je trouve le courage de lui dire exactement ce que je ressens et je murmure :

— J'ai envie de toi.

Il gémit et couvre à nouveau mes lèvres des siennes.

Cette fois, le baiser est encore plus intense, sa langue se fraye un chemin dans ma bouche alors qu'il m'allonge sur le canapé et se place au-dessus de moi.

Son poids me fait me sentir en sécurité, réconfortée, tandis qu'il parsème ma mâchoire de baisers avant de revenir à mes lèvres.

— On ne peut pas faire ça ici, dis-je en le regardant avec un rire.

Nous ne sommes pas seuls dans cette pièce. Ses colocataires et coéquipiers regardent. Même si la plupart semblent occupés ailleurs. Ce n'est certainement pas la première fois qu'ils voient deux personnes s'embrasser.

Mais quelques paires d'yeux sont posées sur nous, Liam nous fusille du regard, et je ne peux m'empêcher de craindre qu'il puisse le dire à Luca.

N'importe lequel d'entre eux pourrait le faire.

— Emmène-moi à l'étage, dans ton lit, dis-je, voulant qu'Ashton me montre sa chambre.

Il me soulève dans ses bras avec facilité.

— Pas besoin de me le dire deux fois.

Il me porte jusqu'à l'escalier.

Je frappe sa poitrine.

— Repose-moi immédiatement !

La dernière chose que je veux, c'est de tomber parce qu'il fait le malin devant ses potes.

— D'accord, grommelle Ashton en me posant au sol.

Il garde ses mains sur ma taille et ses doigts effleurent ma peau sous mes vêtements.

Son contact est enivrant, et j'enroule mes bras autour de son cou pour savourer un autre baiser.

— Montre-moi le chemin, dis-je entre deux baisers.

Il prend ma main et me guide à l'étage.

J'ai déjà dormi dans la chambre de Luca par le passé, mais je n'ai jamais été dans celle d'Ashton.

Silencieusement, nous passons devant la chambre de mon frère et nous nous précipitons vers celle d'Ashton. Il ouvre la porte, allume la lumière et me fait signe d'entrer en premier.

Il y a un panier à linge dans le coin de la pièce, quelques vêtements sales qui pendent, visiblement jetés dans sa direction sans l'atteindre.

Sa commode est surmontée de vêtements pliés qui n'ont pas été rangés, mais ce n'est pas aussi terrible que je l'imaginais.

Il n'y a pas d'emballages alimentaires ou de boîtes à pizza vides qui traînent sur le sol.

La pièce sent comme lui mais en plus frais, comme une forêt de chênes et de conifères. Je remarque une bougie dans un coin de sa chambre.

— Donc, c'est ta chambre, dis-je en découvrant l'ensemble.

— Pas ce à quoi tu t'attendais ?

Il ferme la porte et la verrouille pour nous offrir suffisamment d'intimité.

— Vu la façon dont Luca parle de ton désordre,

je m'attendais un peu à une zone sinistrée. Ce n'est pas si mal.

Ashton sourit et vient s'asseoir au bord du matelas.

— Luca aime exagérer.

Je ris doucement et franchis la distance restante, je veux le sentir sous mes caresses.

— Si on fait ça, Luca ne doit pas le savoir, dis-je.

— Tu veux que ça reste un secret pour mon meilleur ami ?

Ashton pose ses mains sur le lit de chaque côté et se penche en arrière.

Un sourire narquois traverse son visage.

— Quoi ?

— Ce ne serait pas la première chose que je lui cache.

— Tu veux bien développer ?

Je jure qu'il sait comment me tenir en haleine. Je grimpe sur ses genoux et l'enjambe à nouveau, cette fois reconnaissante pour l'intimité.

— Non, sinon ce ne serait plus un secret, me répond Ashton.

Il se penche, son souffle chatouille mon cou alors qu'il laisse une traînée de baisers avant de trouver ce point ultrasensible qui me fait remuer les hanches contre les siennes.

Ses mains stabilisent ma taille avec un léger rire. Ses lèvres s'arrêtent sur mon cou et il relève la tête pour croiser mon regard.

— J'ai besoin de savoir quelque chose, et sois honnête avec moi, Nova.

— Toujours.

Je n'ai aucune raison de lui mentir ou de lui cacher quoi que ce soit. Il connaît ma famille, qui ils sont, ce qu'ils font. Je sais que son père dirige la mafia de Chicago.

Nous ne sommes pas si différents, tous les deux.

Et il n'y a pas de grands secrets entre nous.

Je peux vivre en ne disant pas tout à mon frère.

— Est-ce que tu es vierge ? me demande Ashton.

— Oui, mais ça ne change pas le fait que je sais ce que je veux, dis-je.

Son regard durcit un bref instant. Il hésite, et je déteste que mon honnêteté provoque cela.

— J'aurais dû te dire que je ne l'étais pas, puisque visiblement, ça te dérange.

Ashton tient ma mâchoire, son regard ne vacillant jamais.

— Ne me mens jamais.

— Je ne l'ai pas fait, mais tu penses soit que je suis intouchable, soit pathétique. Je ne sais pas trop lequel.

Ashton me guide pour m'allonger sur le dos et il se couche à côté de moi sur le matelas. Sa main reste sur ma hanche pour me garder près de lui.

— Tu n'es pas pathétique, dit-il d'une voix lourde et épaisse.

— Donc je suis intouchable, dis-je en marmonnant alors que je tente de me retourner pour descendre du lit, mais il me retient fermement et me rapproche contre lui.

— Tes émotions sont fragiles.

Il glisse une mèche de cheveux derrière mon oreille, et je me penche vers son contact.

— Je ne vais pas me briser, Ashton. Je connais ta réputation. Tu couches avec une fille une fois et ensuite tu passes à autre chose.

Ses yeux tressaillent et il fronce les sourcils.

— C'est tout ce que tu veux ? Une nuit ?

Je ne suis pas assez bête pour penser qu'il me donnerait plus que ça.

— Je prendrai ce que je peux avoir avec le joueur le plus sexy des Narvals.

Je souris d'un air narquois et il s'éloigne.

— Qu'est-ce que j'ai dit ?

Je m'assieds sur le lit, confuse.

— J'ai vu les filles avec qui tu couches. J'ai

entendu des choses de Luca. Tu ne fais pas dans les relations. Je te dis que ça me va.

— Tu dis ça maintenant, mais je sais que ce n'est pas vrai.

Pourquoi remet-il en question ce que je dis ?

— C'est parce que je n'ai jamais couché avec un mec ? J'ai fait d'autres trucs... dis-je en laissant ma phrase en suspens. Ce n'est pas parce que je n'ai jamais eu de bite en moi que je vais tomber amoureuse du premier mec qui me baise.

Il rit sombrement.

— Qu'est-ce qu'il y a de si drôle ?

Je me déplace vers le bord du lit pour être juste à côté d'Ashton.

— Je ne veux pas qu'on se dispute, dit-il.

— C'est toi qui me dis que tu me connais mieux que je ne me connais moi-même.

Je me lève, j'ai besoin d'espace. C'est fou comme le seul mec pour lequel j'ai des sentiments a la capacité de m'exciter et de me faire le détester en même temps.

Sauf que je ne le déteste pas vraiment.

Je suis juste très en colère contre lui parce qu'il prend des décisions pour moi.

— Si tu ne veux pas être mon premier, je

trouverai quelqu'un d'autre en bas qui sera prêt à coucher avec moi.

Je choisis de le provoquer. S'il ne veut pas être raisonnable, alors je suppose que ça signifie qu'il sera misérable ce soir.

Comme ça nous serons deux.

Je le fusille du regard, puis je me dirige vers la porte de sa chambre.

— Chase vient de rompre avec sa copine. Je suis sûre qu'il serait ravi de retourner au lit pour un coup d'un soir, dis-je.

— Tu ne vas pas baiser avec Chase Lancaster, gronde Ashton.

— S'il n'est pas intéressé, il y a Liam, ton autre colocataire, dis-je. J'ai entendu dire qu'il aimait les plans cul entre amis, et j'ai vraiment besoin d'un ami en ce moment.

Ashton jette ses bras en l'air.

— Putain, Nova, JE suis ton ami !

Il bondit du lit et m'empêche de sortir. Il attrape mon bras et me fait pivoter.

— Si tu veux que je te baise, dis-le simplement.

— C'est ce que je dis depuis le début !

Je lui crie dessus et sa bouche est instantanément sur moi, dure, rapide, furieuse.

C'est brutal et grisant.

Il agrippe mon maillot des Narvals et me l'arrache par-dessus la tête. Il le jette à travers la pièce et me soulève dans ses bras.

Mes jambes s'enroulent autour de sa taille alors qu'il me porte jusqu'au lit et me dépose sur le matelas.

Sa bouche est sur moi, et tandis qu'il embrasse un chemin le long de mon cou, sur cette partie sensible de ma chair, il la mordille et je gémis.

Ashton ricane et ses mains font descendre mon pantalon.

— Lève tes hanches, murmure-t-il contre mon cou.

Il m'aide à me déshabiller tout en parsemant mon corps de baisers.

Vêtue uniquement d'une culotte et d'un soutien-gorge, je recule sur le matelas pendant qu'Ashton se déshabille rapidement, ne gardant absolument rien sur lui.

Mes yeux ne semblent pas quitter sa queue et ne veulent qu'admirer cette vision.

— C'est la première fois que tu en vois un en chair et en os ? me demande-t-il, un sourire malicieux sur le visage.

— J'ai fait des trucs avec mon copain du lycée, dis-je.

— Tu as rompu avec lui l'année dernière ? me demande Ashton, qui semble se souvenir clairement de ce que je lui avais raconté.

— Oui.

Les baisers d'Ashton sont doux et chauds, il en parsèmes sur ma poitrine et s'attarde sur mes seins.

— Dis-moi ce que tu as aimé et ce que tu n'as pas aimé.

— Le sexe oral, dis-je tandis qu'il fait glisser les bretelles de mon soutien-gorge et défait l'attache, me débarrassant du sous-vêtement.

— Tu as aimé ou détesté ? continue Ashton.

Sa bouche se déplace sur mon sein, sa langue effleure mon téton et je m'arque vers lui.

Putain, il sait ce qu'il fait. Je ne peux pas en dire autant de mon ex du lycée.

— Je n'ai pas particulièrement aimé. C'était juste très mouillé et bizarre.

Les lèvres d'Ashton descendent sur mon ventre jusqu'à mon nombril. Mon estomac frémit alors qu'il dépose de légers baisers papillon sur ma peau et que ses doigts s'accrochent à ma culotte pour la faire glisser le long de mes cuisses.

— Tu serais prête à réessayer ? Ou c'est un refus catégorique ? me demande Ashton.

— Une fois, dis-je en haussant un sourcil vers

lui. Mais tu n'es pas obligé... je pensais qu'on allait coucher ensemble.

Il sourit et soulève mes hanches pour guider mes jambes par-dessus ses épaules.

— Bébé, c'est ce qu'on fait. Je ne fais que commencer.

Mon pouls s'accélère tandis que son souffle chatouille et caresse mon sexe, cette anticipation est un doux supplice que je n'ai jamais ressenti auparavant.

C'est peut-être aussi sa confiance qui me met un peu plus à l'aise.

Ashton embrasse et lèche mes replis, puis il utilise sa langue pour me pénétrer tout en guidant lentement ses attentions vers mon clitoris. Mais il ne le touche pas. Il va partout autour avec sa langue, tournoyant et créant des motifs tandis qu'il tapote et lèche, suce et effleure ce point qui implore le contact.

Mes mains se crispent sur les draps, qui s'emmêlent entre mes doigts serrés alors qu'il caresse ce point parfait et me met dans tous mes états.

Mes jambes commencent à trembler et mon corps frémit tandis qu'une chaleur me submerge.

— Jouis pour moi, bébé, murmure Ashton en maintenant son rythme.

Il me fait basculer dans l'extase alors que ma chatte s'humidifie davantage et qu'il lèche chaque goutte.

— Alors, verdict ? demande-t-il, pas le moins du monde inquiet de ma réponse.

— C'est comme ça que c'est censé être ? dis-je d'une voix rauque.

Je me redresse dans le lit en essayant de reprendre mon souffle tandis qu'Ashton se penche pour m'embrasser.

— Tu n'as jamais eu d'orgasme avant ? devine-t-il.

Je rougis et détourne nerveusement le regard.

Ashton guide mon menton pour que je le regarde dans les yeux. Ses yeux brillent.

— Ne te cache jamais de moi, dit-il avec une telle conviction que mon souffle se bloque dans ma gorge.

— Jamais.

— Et tu es absolument adorable quand tu jouis.

— Maintenant, c'est ton tour.

Je souris malicieusement et le pousse sur le dos, avant de me mettre à califourchon sur lui.

— On ne va pas faire l'amazone pour ta première fois, dit Ashton.

Mes yeux se plissent alors que je me demande pourquoi ce ne serait pas le cas, mais ce n'était pas ce que j'avais l'intention de faire.

— Je veux essayer de te faire jouir avec ma langue. Est-ce que tu... veux bien... me guider ?

Je ne suis pas aussi habile qu'Ashton en matière de sexe oral, mais je veux lui faire du bien.

Mes baisers descendent sur sa poitrine et le long de son abdomen.

Ashton gémit et pose ses mains sur mes épaules.

— J'ai envie de dire oui, mais si tu enroules ta langue autour de ma queue, je ne pense pas que je pourrai t'arrêter ce soir. Concentrons-nous juste sur toi.

— Arrête de jouer les gentlemen ; ça ne te ressemble tellement pas, dis-je, et il rit.

— Un gentleman t'inviterait à dîner avant de t'emmener au lit, rétorque Ashton, puis son front se plisse.

Je lui lance un regard noir.

— Si tu penses ne serait-ce qu'une seconde à t'arrêter, je t'achève.

Il sourit et se penche, puis ses lèvres effleurent les miennes.

— Je n'en ai pas la moindre intention.

Il nous fait rouler sur le lit pour me mettre sur le

dos, puis ses lèvres sont sur mon cou et ses doigts entre mes cuisses en train d'écarter mes replis pour me taquiner.

Je glisse ma main sur son ventre puis plus bas pour effleurer le gland de son sexe avec mon pouce.

— Tu ne peux pas me dire que tu es prêt...

Je le fais basculer sur le dos, voulant prendre le contrôle.

— Tu ne me suceras pas, Nova, grogne-t-il.

— Je n'en ai pas la moindre intention.

Je le nargue avec ses propres mots.

Ashton grogne, mais je sais que c'est pour s'amuser – du moins je le pense – jusqu'à ce qu'il nous fasse tourner et me plaque à nouveau sur le dos.

Sa bouche descend sur la mienne et me fait taire avant que j'aie le temps de protester.

Ses mains pressent les miennes contre le matelas, nos doigts entrelacés.

Ces lèvres. Ses baisers.

Mon être fond, et toute idée de le dominer s'évapore.

Il se frotte contre mes hanches, et bon sang, je me sens prête à jouir à nouveau.

Une main relâche sa prise tandis qu'il guide ses doigts sur ma hanche, son toucher est envoûtant et laisse une traînée brûlante comme des braises sur ma peau.

La chambre devient étouffante alors que mon corps s'échauffe à nouveau, uniquement sous son toucher.

Il enfouit son visage dans mon cou, ses baisers et ses lèvres trouvent ce point qui fait se recroqueviller mes orteils rien que par son souffle.

Comment diable arrive-t-il à faire ça ?

Je gémis et frissonne alors que la chaleur irradie à travers moi, et je me demande brièvement si je pourrais physiquement le brûler.

Les lèvres d'Ashton aspirent la peau de mon cou avant de glisser vers ma poitrine tandis qu'il glisse un doigt dans ma chatte.

— Détends-toi, murmure-t-il contre ma peau alors que sa bouche remonte vers la mienne.

— C'est dur de me détendre, dis-je les yeux mi-clos tandis que ses doigts dansent à l'intérieur de mon sexe et qu'il guide un second doigt en moi pour m'étirer.

— Tu as dit *dur*.

Ashton me sourit.

Je lui lance un regard noir, et mon silence est accueilli par un baiser brûlant sur mes lèvres. Ma bouche s'entrouvre, avide de le goûter.

Nos langues se mêlent, se battant pour le contrôle, mais je le laisse mener cette fois-ci, parce qu'il sait très certainement ce qu'il fait.

Mon corps frémit sous ses doigts et sous l'effet de sa langue.

Je ne sais pas combien de temps je vais tenir avant que la prochaine vague ne monte.

— Je veux te sentir en moi, dis-je dans un murmure entre deux baisers enflammés.

Ashton glisse un troisième doigt, m'étirant encore plus, et la douleur est délicieuse.

Mon dos s'arque au-dessus du matelas, mes orteils se crispent alors que je me sens proche.

— Ashton, je vais—

Il maintient le même rythme et la même cadence, ses doigts se courbent à l'intérieur de mon sexe alors que la première vague m'assaille et que mon corps tremble contre le matelas.

Nos bouches fusionnent, ma langue franchit ses lèvres, avide de plus, ayant besoin de lui plus que tout en ce moment.

C'est comme regarder une luciole dans l'obscurité d'une nuit d'été, et je la poursuis pour essayer de l'attraper.

— Jouis pour moi, Nova, murmure Ashton.

Son souffle, sa voix, le fait que je sois vraiment ici, dans *son* lit, suffit à me faire basculer.

Tremblante et haletante, mon corps s'abandonne tandis que je gémis son nom dans l'extase.

Je m'écroule sur le matelas, à bout de souffle, essayant de faire entrer l'air dans mes poumons alors que mon cœur bat follement contre ma cage thoracique.

— Tu as dit que tu me baiserais.

Je râle et lui lance un regard noir.

— Ma douce, nous n'avons pas fini, me répond Ashton en attrapant un préservatif qu'il enfile avant de s'installer au-dessus de moi.

Je suis contente qu'il ait pensé à anticiper, car mon cerveau est dans un tel brouillard que j'aurais oublié la protection.

Bordel, je peux à peine me souvenir de mon propre nom en ce moment.

Il tient sa queue dans sa main, caresse son membre et taquine les plis de mon sexe pendant qu'il me regarde.

— Reprends ton souffle.

Ashton me fixe.

— Je vais avoir besoin que tu sois vivante pour la suite.

Je ricane et lui frappe le bras.

— Quoi ?

Il fait semblant d'être offensé, mais je doute qu'il le soit vraiment puisqu'il ne bouge pas de sur moi.

— Plaisanter sur *ça* maintenant, c'est un coup bas.

Ashton lève les yeux au ciel.

— Détends-toi. Tu es sur le point d'avoir ton troisième orgasme de la nuit.

Il me sourit fièrement ; visiblement, son ego a déjà été flatté. Je le fusille du regard.

— Tais-toi et baise-moi, c'est tout.

— Oh, écoutez ces mots si sexy, se moque Ashton.

Ses yeux brillent, il apprécie clairement d'avoir le contrôle.

Il s'avère que ça ne me dérange pas vraiment qu'il soit au-dessus. J'aime assez ça, mais je ne suis pas encore prête à le lui dire.

Il me taquine avec le bout de sa queue, caressant mes plis mais sans s'enfoncer en moi.

— Dis-moi encore comment tu veux que je te baise, mais dis-le comme si tu le pensais vraiment, ordonne Ashton.

— Baise-moi, dis-je en le fixant. Ou je vais aller chercher un des autres mecs en bas pour le faire.

Un éclair de chaleur s'installe sur son visage.

— Putain, hors de question, grogne-t-il en enfonçant son membre dans ma chatte.

Mes ongles s'enfoncent dans son épaule alors que je le sens étirer mes parois, et bon sang, ça fait mal, mais c'est aussi incroyablement bon.

La bouche d'Ashton est sur la mienne alors qu'il s'enfonce complètement en moi, profondément, et je laisse échapper un bruyant :

— Putain.

Il s'arrête de bouger, prend une seconde, puis me regarde fixement.

Mes lèvres s'entrouvrent et je lève un regard trouble vers lui.

— Pourquoi tu t'arrêtes ?

La sensation est tellement incroyable et en être privée serait une torture.

Il étudie mon visage avant de déposer un baiser sur mes lèvres.

— Je ne veux pas te faire mal.

— Sérieusement ? Tu es énorme et tu viens juste d'enfoncer ce *truc* en moi d'un seul coup.

Ashton rit et pose son front contre le mien.

— Ok, je peux le retirer.

Il recule ses hanches, s'éloigne de moi, et guide son sexe hors de mon intimité.

Je me sens déjà vide, mon corps en veut davantage.

— Putain, tu peux vraiment être un connard parfois.

Je saisis ses fesses pour le tirer vers moi.

— Reviens ici.

— Je ne peux jamais te satisfaire, n'est-ce pas ?

Ashton me sourit de haut, d'un air triomphant.

Il se positionne à nouveau à mon entrée, mais cette fois, il s'enfonce lentement, et c'est tellement délicieux. Ses lèvres effleurent mon oreille.

— Ne me menace plus jamais de baiser avec l'un de mes frères, gronde-t-il.

— Sinon quoi ?

Il semble que j'ai découvert le point sensible d'Ashton, ou peut-être juste sa faiblesse. Quoi qu'il en soit, je trouve ça carrément excitant de pouvoir l'énerver si facilement avec quelques mots simples.

— Je te baiserai devant eux, répond Ashton en mordant ma lèvre inférieure.

Mon ventre se contracte.

Chaque coup de reins gagne en intensité, et j'ai l'impression de flotter haut dans les nuages. J'essaie de nous faire basculer, je veux prendre le contrôle, mais Ashton est trop fort, et il bouge trop puissamment et rapidement avec ses hanches pour me laisser reprendre le dessus.

— Ashton.

Ma voix me trahit, le son résonne comme un gémissement tandis que je m'accroche plus fort à lui, le voulant plus profondément.

— C'est ça, tu vas jouir une troisième fois pour moi ce soir.

Entendre *ce* ton et sa voix me rapproche du but, mais je n'y suis pas encore. Je ne suis même pas sûre d'être capable de jouir une troisième fois en une seule nuit.

Mais les mots ne viennent pas quand j'ouvre les lèvres, et à la place, mes souffles sont doux et remplis de gémissements tandis que son corps s'enfonce et que je balance mes hanches pour essayer de suivre son rythme.

Mon dos s'arque et mes mains agrippent ses bras.

— Je suis si proche, dis-je d'une voix rauque, haletant alors que je lutte pour garder le contrôle.

J'enroule une jambe autour de lui pour le tirer plus profondément, plus étroitement, essayant de le garder contre moi alors que mon corps tremble.

— Jouis avec moi, murmure-t-il à mon oreille.

Mes yeux se ferment brusquement et les sensations m'envahissent tandis que je lutte pour respirer, sans parler de me concentrer sur autre chose que les sensations incroyables que ressent mon corps.

Ses doigts plongent entre nos corps pour taquiner mon clitoris, tournant et effleurant le bouton encore sensible pendant qu'il continue de s'enfoncer, et putain, je vais exploser en un million de morceaux.

Ma prise sur son avant-bras se resserre, mais je ne veux pas lui faire mal. Je déplace mes mains sur son dos, jusqu'à ses fesses, et je le griffe comme s'il était ma drogue et que j'avais besoin de ma prochaine dose.

Mon corps s'arque au-dessus du matelas et je resserre mon emprise autour de lui tandis que je tremble et gémis, sentant la vague imminente arriver.

— Je vais—

Je suffoque, et Ashton est là avec moi, il synchronise ses mouvements avec mes besoins, il sait ce qu'il me faut alors que mon corps cède et se resserre autour de son sexe, le comprimant.

Mon intérieur palpite tandis que les frissons traversent mon corps, comme de petits tremblements, alors que je me contracte puis me relâche.

Il ne faut que quelques secondes puis Ashton accélère, ses coups délibérés qui étaient cadencés et synchronisés parfaitement pour moi deviennent plus durs, plus rapides, jusqu'à ce que j'entende son gémissement et sente son corps se tendre et frémir alors qu'il jouit juste après moi.

Il halète fortement et la sueur coule de son front alors qu'il roule loin de moi, jette le préservatif, puis s'allonge avec moi sur le matelas. Il n'y a pas beaucoup de place pour deux, mais nous nous débrouillons.

Il se blottit contre moi et me tient près de lui, sa main posée sur ma hanche.

Il trace des motifs paresseux sur ma peau et je me penche en arrière dans son étreinte, réconfortée. Son souffle chaud chatouille mon cou lorsqu'il dit :

— Tu devrais savoir que je ne laisse jamais personne passer la nuit dans ma chambre.

Un sourire s'étale sur mon visage tandis que je combats un bâillement.

— Eh bien, je ne pars pas. Alors, si tu veux une chambre pour toi tout seul, tu ferais mieux de sortir.

Ashton embrasse la peau nue de mon épaule.

— Tu es courageuse, de me mettre à la porte de *ma* chambre.

— Ne me sors pas la carte *mon père est dans la mafia*.

Je bâille et laisse mes yeux se fermer.

— J'ai la même.

— Ce n'est pas ce que je voulais dire.

— Tu es sûr ?

Je bâille à nouveau.

— Dors, dit Ashton en se penchant légèrement pour déposer un baiser sur ma joue. Arrête de te battre avec moi.

— Arrête de me garder éveillée. Tu m'as donné trois orgasmes, et je suis épuisée.

Il rit doucement.

— Oui, chef. Y a-t-il autre chose que je puisse faire pour vous, ma reine ?

Il se moque de moi.

— Ne m'oblige pas à réveiller mon frère pour qu'il te botte le cul.

Je plaisante, mais il ne rit pas. Parce que nous savons tous les deux que Luca qui découvre ce qui s'est passé est une terrible idée.

HUIT

LUCA

Vendredi soir, je me rends chez mes parents comme prévu. Nous dînons tous ensemble, avec Moreno, Paige, et Nova ce soir.

Je suis content d'avoir Nova avec nous, car il y a au moins une personne sous ce toit en qui je peux avoir confiance et sur qui je peux compter.

Même si elle ne vivra plus ici pendant longtemps, ce qui est à la fois un soulagement et un regret. Je suis content qu'elle vienne à Evergreen. Je ne suis pas ravi qu'elle emménage avec nous, car je ne veux pas que les gars aient des idées lubriques concernant ma sœur.

Elle est intouchable.

J'ai clairement fait comprendre que personne ne

la touche, mais c'était aussi parce qu'elle avait dix-sept ans et était au lycée.

Nova a maintenant dix-huit ans et elle commence l'université dans quelques semaines. Ça va être difficile d'éloigner tous les garçons.

Mais peut-être que Harper pourra m'aider aussi. D'une manière ou d'une autre, entre son temps avec Zeke et ses études, elle pourra chasser les garçons loin de Nova.

Ou peut-être que la simple présence d'un bébé dans la maison les fera fuir. Je veux dire, qui veut un rappel constant de ce qui peut arriver si on ne fait pas attention ?

Après le dîner, Dante me coince dans le couloir, seul.

— Nous commencerons ta formation demain matin à la première heure, dit-il.

Je n'ai aucune idée de ce que cela implique. Être coincé avec Dante pour le week-end, à faire n'importe quelle sale besogne qu'il exige de moi n'est pas quelque chose que j'attends avec impatience.

Mais je sais dans quoi je me suis engagé, donc je ravale mes doutes et je continue.

— Très bien, dis-je, surpris qu'il ne me fasse pas

commencer dès ce soir, mais je ne vais pas remettre en question ses motivations.

Je sais qu'il vaut mieux ne pas l'énerver.

— Où est ta fiancée ? me demande Dante.

Je suis assez confiant qu'il ne pose pas cette question parce qu'il se soucie d'elle.

Il ne soucie que de sa famille mafieuse, mais ce n'est même pas par gentillesse.

— Harper est sur le campus pour le week-end, dis-je, omettant la partie où elle passe du temps avec sa meilleure amie Kensley.

— Elle ne passe pas le week-end avec son fils ?

Dante semble déçu.

— Ses parents ne lui parlent pas en ce moment.

— Comme c'est malheureux, dit-il, mais je ne vois aucun remords sur son visage pour son implication dans ce chaos.

Je m'adosse au mur, croise les bras sur ma poitrine et le fusille du regard.

— Bien sûr, venant de l'homme qui a insisté pour que nous annoncions nos fiançailles à ses parents lors d'un dîner ici.

Je ne suis pas du tout content que mon père tire toutes les ficelles.

Il semble que je n'aie aucun contrôle sur la

situation, en partie à cause de ma propre décision d'essayer de sauver Harper.

Est-ce que je referais les mêmes choix à nouveau ?

Absolument.

— En parlant des fiançailles. Ta mère et moi en avons discuté, et nous insistons pour que vous célébriez le mariage ici, sous notre toit. Nous paierons tout. Ta mère est heureuse de s'occuper des préparatifs du mariage puisque vous êtes tous les deux à l'université et que Harper est, j'en suis sûr, occupée avec son fils.

— Tu n'es pas sérieux.

Je le regarde comme s'il venait de suggérer de décimer toute une population.

— Je ne pense pas que février soit trop tôt, dit Dante. Nous vous laisserons choisir la date.

Comme c'est foutrement généreux de sa part de nous laisser choisir notre propre date de mariage.

— Super...

Quand la conversation est terminée, je me dirige vers la bibliothèque, où je trouve Nova pelotonnée sur le canapé en train de lire sous la lumière de la lampe.

— Tu as de la place pour deux ?

Elle lève un doigt, termine sa page, puis glisse un marque-page. Nova garde sa voix basse et calme.

— Tu as entendu quelque chose à propos de Rhys ?

— Ton garde du corps ? Non, pourquoi ?

— Je ne l'ai pas vu depuis ma fête d'anniversaire, dit Nova. Il ne répond pas au téléphone quand je l'appelle. Tu ne trouves pas ça bizarre ?

— Caden n'est pas là non plus, fais-je remarquer.

Mais nous savons tous les deux pourquoi il n'est plus sous le toit de mon père.

Il a été assassiné.

— Alors, tu penses vraiment qu'il est arrivé quelque chose à Rhys ?

Ses yeux s'écarquillent et puis elle couvre sa bouche, se rendant compte que nous devons parler plus doucement ou déplacer cette conversation ailleurs si nous ne voulons pas que quelqu'un nous écoute.

La dernière fois que nous nous sommes faufilés dans le dressing du couloir, nous avons été pris. Au moins en plein air, nous sommes moins suspects, juste un frère et une sœur qui passent du temps ensemble.

— Je ne sais pas, Nova. Peut-être qu'il a une autre

mission qui le tient éloigné de la propriété pendant un moment. Tu as demandé à ton père ?

— Ouais, il m'a dit d'arrêter de poser des questions et puis il a assigné Nico comme mon agent de sécurité personnel. Pas que Nico fasse grand-chose. Depuis que Maman et Papa m'ont donné une voiture, je n'ai plus à dépendre d'un de leurs sbires pour me conduire en ville. Parfois il vient avec moi, mais il n'est pas très sympathique.

— Eh bien, quand tu seras à l'université, Nico ne sera pas là, dis-je.

— Pourquoi tu penses que j'ai tellement poussé pour obtenir mon diplôme plus tôt ?

Nova sourit malicieusement.

— Rhys était génial. Il a gardé secret le fait que je te rendais visite. Mais il m'a prévenue que Papa posait des questions et maintenant que Nico est mon nouveau garde du corps, il rapporte tout à mon père.

— Moreno sait que tu étais chez nous jeudi et vendredi ?

— Oui, j'ai dit à Papa que je voulais regarder le match des Narvals contre les Wolverines et que je rentrerais tard, donc je préférais dormir sur ton canapé. Je n'avais pas cours vendredi, alors ça lui convenait puisque tu étais là.

Je jette un coup d'œil vers le sous-sol et je demande :

— Des nouvelles du petit garçon ?

— Il a déjà été déplacé. Papa nous a envoyées, Maman et moi, faire une virée shopping cet après-midi, ce qui ne lui ressemble pas du tout, sauf quand il prépare un mauvais coup. Tu as vu les infos ? Ils ont annoncé que l'enfant était mort avec sa famille. Ils ont montré sa photo pendant deux bonnes minutes au journal du soir après que l'explosion a rasé leur maison.

Je jure et me frotte la nuque.

— Des nouvelles de l'enquête ?

C'est évident que mon père est impliqué.

Nova se lève et remet le livre qu'elle lisait sur l'étagère.

— Rien, mais on sait que le petit garçon est vivant, Rylan Matthews.

— Tout ça est tellement tordu, dis-je en observant Nova qui arpente la bibliothèque.

— Tu dois l'arrêter, dit Nova.

Son regard me supplie de faire quelque chose.

Elle n'est pas la seule à être malheureuse sous ce toit. Je suis bien conscient que Harper est frustrée par mon père, il s'avère que Nova l'est aussi, et moi de même.

Mais je ne peux pas l'arrêter. Je ne peux pas m'opposer à Dante quand il a toute une armée derrière lui.

— Et comment est-ce que je pourrais faire ça ?

Je renverse la tête sur le canapé et je fixe le plafond.

— Il te fait travailler pour lui, *fais quelque chose.*

Nova fait paraître ça si simple, comme si je pouvais simplement mettre un pistolet sur la tempe de Dante, appuyer sur la gâchette, et faire disparaître tous les actes horribles qu'il a commis.

La vie n'est pas si simple ; arrêter un chef mafieux non plus.

Le lendemain matin après le petit déjeuner, j'entends des pas légers pendant que je sirote mon café et lève les yeux.

Mon regard se durcit lorsque je vois Ashton.

— Qu'est-ce que tu fous ici ?

Dante s'approche derrière Ashton, ayant apparemment entendu ma question.

— Je l'ai invité, dit mon père.

— Pourquoi ?

Je pose ma tasse de café, mon appétit satisfait.

— Ashton fait un stage pour mon organisation, répond fièrement Dante.

J'imagine qu'il est le fils que Dante a toujours voulu, pas moi.

— Bien sûr...

Je regarde Ashton en me demandant depuis combien de temps ils travaillent ensemble.

— Il va t'aider à t'entraîner, te mettre à niveau sur tes compétences de tir au stand ce matin.

Mes compétences de tir sont nulles puisque je n'ai jamais manipulé d'arme, pas après avoir vu mon père en utiliser une pour commettre un meurtre.

— On ne peut pas simplement s'entraîner à la salle avec des poids ou au corps à corps ?

Je suis un sacré bon combattant. Ça aide que je joue au hockey ; j'ai l'habitude de me faire malmener et de rendre la pareille.

— Non, réplique Dante. Tu dois surmonter ta peur et apprendre à tirer sur une cible.

Il se tourne, décide qu'il en a fini, et s'éloigne, nous laissant Ashton et moi seuls dans le couloir.

— Tu as peur de tenir une arme ?

Ashton me sourit narquoisement, et je lui fais un doigt d'honneur.

— Pas du tout, je n'en ai simplement jamais vu l'utilité.

Je fais un geste vers le domaine autour de moi.

— Il y a assez d'hommes qui exécutent les ordres de mon père. Je n'ai pas besoin d'en faire partie.

Ashton s'approche et me fixe.

— Il s'avère que si, puisque tu travailles pour lui maintenant.

Je me mords la langue.

Si Ashton travaille pour Dante, alors tout ce que je dis ou dont je me plains est susceptible d'être répété.

Mon meilleur ami m'a trahi, du moins c'est ce que je ressens, et la prochaine fois qu'on sera sur la glace, j'ai bien l'intention de lui rendre la monnaie de sa pièce.

Nous nous dirigeons vers le stand de tir et nous équipons.

J'avale la bile qui me monte à la gorge.

Bien sûr, mon père allait exiger que j'apprenne à tirer. Il avait essayé pendant mon adolescence de m'inviter au stand de tir avec lui, mais j'avais toujours inventé une excuse à propos de l'école, des devoirs ou de l'entraînement de hockey.

Dante est un homme intelligent. Il savait que je n'étais pas intéressé, mais il a continué à insister.

Il s'avère qu'il gagne maintenant.

Je connais les bases pour tenir une arme, utiliser deux mains, comment s'appellent les différentes parties du pistolet. Le truc, c'est que même si j'ai joué à des jeux de tir sur ma console, je n'ai pas tenu de vraie arme, et je n'en ai pas eu envie au cours de la dernière décennie.

Ashton me donne un 9mm. Il m'explique qu'il a une plus grande énergie à la bouche, ce qui le rend plus efficace à longue distance.

Le poids de l'arme est plus lourd que ce que j'imaginais, et alors que je regarde à travers le viseur, il n'y a pas de point rouge ou de laser pour guider ma visée.

Je sais déjà que mon tir va être une honte parce que je n'ai jamais mis les pieds dans un stand de tir.

Mais me voilà.

Ça pourrait être pire.

Dante pourrait être celui qui m'enseigne.

Au lieu de ça, j'ai Ashton, qui me montre toutes les bases, que je connais déjà, putain, merci beaucoup, et puis il tire et vise pour tuer.

Il atteint la cible avec une précision qui me retourne l'estomac.

Chaque tir touche la poitrine, en plein centre.

Je désactive la sécurité, aligne le viseur avec la cible et je tire.

Je touche le bord de la feuille, ce qui est déjà quelque chose. L'arme a plus de recul que je ne l'avais anticipé. Jouer aux jeux vidéo ne te prépare pas vraiment à la réalité.

— Encore, ordonne Ashton, mais je l'entends à peine à travers le casque que je suis obligé de porter.

Je continue à tirer, ma visée s'améliore un peu mais est loin d'être aussi parfaite que celle d'Ashton, et ça craint.

Je déteste admettre que je suis en fait jaloux de lui.

————

Nous passons quelques heures au stand de tir, prenons le déjeuner, puis retournons au domaine.

Comme je suis le seul parmi nous à posséder une voiture, je conduis.

— Quand est-ce que tu as commencé à travailler pour Dante ?

— Il y a quelques semaines, me répond Ashton. Il m'a appelé après le dîner et m'a demandé si je voulais gagner un peu d'argent. Il m'a dit que j'obtiendrais aussi des crédits universitaires, ce qui est plus que ce que j'aurais pu demander.

Bien sûr, il l'a fait.

— Est-ce que tu seras au domaine tous les week-ends ?

Même si je ne suis pas ravi qu'Ashton travaille pour mon père, au moins il sert de tampon entre Dante et moi.

— Je ne suis pas sûr, dit Ashton.

Je lui jette un bref coup d'œil.

— Tu ne connais pas tes horaires ?

— Il me donne des missions, me dit quand il a besoin de mon aide pour un boulot. Ce n'est pas compliqué. De l'argent facile et une note de passage encore plus facile pour mon stage pratique que tout le monde doit faire.

— Quel genre de missions ?

Je me demande tout à coup s'il a quelque chose à voir avec la disparition de Rhys ou une implication avec le petit garçon, Rylan.

Ashton exhale profondément.

— C'est au-dessus de ton niveau de salaire.

— Tu te fous de moi ?

Le silence remplit le véhicule, et Ashton tend la main vers la radio pour l'allumer.

Je repousse sa main.

— Sérieusement, tu ne vas rien me dire ?

L'agacement me pique sous la peau et je fais dévier la voiture de la route en freinant brusquement jusqu'à l'arrêt.

— Sors.

— Quoi ?

Les yeux d'Ashton s'écarquillent tandis que je pointe sa portière.

— On travaille ensemble, et si tu ne peux pas me dire ce que tu fais, alors je ne peux pas te faire confiance. Tu rentres à pied.

Ashton reste bouche bée.

— Il gèle dehors, et nous sommes à trente kilomètres de chez tes parents. Il n'y a rien par ici ; nous sommes au milieu de nulle part. Tu n'es pas sérieux.

— Je suis on ne peut plus sérieux. Sors de ma putain de voiture.

Ashton souffle et ouvre la portière.

— Tu vas le regretter.

Il sort dans le froid et je sens le vent glacial quand il descend. Un instant plus tard, il claque la portière.

J'appuie sur l'accélérateur et repars sur la route.

Moins de dix minutes plus tard, mon téléphone sonne, à plusieurs reprises.

Le nom de Nova s'affiche sur le tableau de bord comme un appel entrant.

Après l'avoir ignorée les deux premières fois, elle continue d'appeler.

Je finis par répondre.

— Je suis occupé en ce moment, dis-je.

— Tu es mort pour moi si tu ne fais pas demi-tour pour aller chercher Ashton, me hurle Nova à travers le téléphone.

— Bonjour à toi aussi.

— Tu es un connard, tu le sais ?

Nova est lancée.

— Je lui donne juste une leçon.

— Pourquoi ? demande Nova. Qu'est-ce qu'il a fait de si terrible pour que tu décides de l'abandonner au bord d'une route déserte ?

Ma mâchoire se crispe.

— Je ne te dois pas d'explications.

— Eh bien, j'ai déjà entendu la version d'Ashton. Si je dois aller là-bas en voiture pour le récupérer, tu es mort pour moi.

Je me déplace sur mon siège et je jette un coup d'œil dans le rétroviseur. Je n'ai pas vu de voiture rouler dans la direction opposée depuis que j'ai déposé Ashton sur le bord de la route.

— J'aurais pensé que tu prendrais mon parti, puisque nous sommes de la même famille, dis-je.

— Ouais, eh bien, tu deviens de plus en plus comme ton père chaque jour.

Je raccroche, mais Nova rappelle immédiatement.

— Tu vois ! me crie-t-elle. Tu prouves ce que je viens de dire. Arrête d'être un crétin têtu et va chercher Ashton.

— D'accord !

Je crie et fais un demi-tour sur la route à deux voies.

— Je ne sais pas pourquoi tu te soucies autant d'Ashton. Tu te plains toujours qu'il regarde des documentaires de merde et qu'il accapare tout le pop-corn.

Je suis accueilli par son silence.

Je lui ai enfin cloué le bec.

Il était grand temps !

— Va simplement le chercher.

Je grommelle vers elle.

— J'y vais, j'ai déjà fait demi-tour. J'y serai dans quelques minutes.

Cette fois, je raccroche pour de bon, et une minute plus tard, je peux voir Ashton qui marche au loin, se dirigeant vers moi.

J'envisage de passer devant lui sans m'arrêter, juste pour être un connard, mais j'y renonce. J'ai déjà vu quelques flocons de neige isolés ; le temps pourrait tourner d'une minute à l'autre.

Je m'arrête, déverrouille la portière et il monte silencieusement.

— Tu as appelé ma sœur pour me dénoncer. Très mafieux de ta part, dis-je en faisant demi-tour dans la direction où je me dirigeais précédemment.

Ashton attache sa ceinture pendant que j'accélère pour rattraper le temps perdu. La neige commence doucement à recouvrir le ciel, mais elle ne s'est pas encore déposée au sol.

— Tu aurais préféré que j'appelle ton père ?

Il marque un point.

J'allume la radio et laisse la musique noyer le silence, mais cela ne dissipe en rien la tension dans la voiture alors que nous retournons au domaine.

Nous partons tôt dimanche matin et, en signe de paix, j'emmène Ashton avec moi pour retourner sur le campus.

La tension est toujours palpable entre nous, mais nous avons passé la majeure partie du samedi soir à prétendre que tout allait bien.

Il semble qu'aucun de nous ne voulait énerver Dante, qui était d'humeur exécrable.

— Tu n'as pas à t'inquiéter que je te remplace, dit Ashton alors que nous approchons de la sortie.

— De quoi tu parles ?

— Ce stage chez Ricci Enterprises, c'est juste pour le semestre.

Je ricane. Est-ce qu'il croit vraiment que ça va se

passer comme ça ? Que mon père va simplement le laisser travailler quelques mois pour l'entreprise familiale puis partir.

Il est plus stupide que je ne pensais.

— Tu es un idiot, dis-je en tournant sur la route principale qui nous mène près du campus.

— J'ai bien l'intention de travailler pour *mon* père après l'obtention de mon diplôme. Dante est juste un moyen d'arriver à mes fins.

Il doit plaisanter.

— Est-ce qu'il le sait, parce que Dante ne laisse pas ses hommes partir une fois qu'ils ont été impliqués ?

— Aurelio et Dante sont de vieux amis. Je ne m'inquiète pas.

Je m'arrête devant notre bâtiment.

— Tu devrais pourtant.

— Pourquoi tu t'inquiètes tant pour moi ? Inquiète-toi plutôt pour ta copine et son gosse.

Je me gare et ma respiration se bloque dans ma gorge.

— C'est une menace ?

Je coupe le moteur et Ashton détache sa ceinture, puis saute hors de la voiture sans me répondre.

Je sors de la voiture à mon tour, consterné qu'il

ne m'ait toujours pas répondu.

— Si tu t'en prends à Harper ou à Zeke, je te tue.

Ashton prend son sac dans le coffre et lève les mains.

— Détends-toi, je ne vais pas m'approcher de ta copine.

— Ni de son fils, dis-je entre mes dents serrées.

J'attrape mon sac et claque le coffre.

— Je ne suis pas dans le business de blesser les petits enfants, et ton père non plus. Ne fous pas tout en l'air et tout ira bien.

— Encore une menace. Tu ressembles de plus en plus à Dante à chaque seconde passée dans cette maison.

— Merci.

Ashton m'adresse un sourire.

— Ton père serait si fier.

Il se dirige vers l'entrée.

Enfoiré.

Je me jette sur Ashton avant qu'il n'entre, le tirant en arrière pour lui faire face alors que mon poing assène coup après coup à son visage.

La douleur me fait du bien aux phalanges.

Son bras se lève et bloque un autre coup répété, puis il m'envoie un uppercut à la mâchoire.

Je trébuche en arrière pendant une seconde.

Putain, ça fait mal.

Liam arrive en courant, apparemment alerté par le vacarme.

Il m'attrape par-derrière et me tire loin d'Ashton pour arrêter le combat.

Ce n'est pas la première bagarre qu'il a dû arrêter, mais c'est la première fois en dehors de la patinoire.

— Qu'est-ce qui ne va pas avec vous ? crie Liam.

Il nous pousse à l'intérieur comme une mère de famille déçue de ses petits.

— C'est lui qui a commencé !

Ashton me désigne du doigt.

— Ouais, eh bien, il a menacé ma fiancée et son fils.

Je grogne, prêt pour un nouveau round dès que Liam relâche sa prise sur moi.

NEUF

HARPER

Quand Luca arrive en cours, je ne peux pas m'empêcher de le fixer.

Mais ce n'est pas de la façon habituelle, quand il croise mon regard et que mon corps s'échauffe.

Enfin, peut-être que si, mais c'est une chaleur différente, celle qui brûle de colère et d'inquiétude, pas de désir.

— Qu'est-ce qui s'est passé à l'entraînement, bordel ?

Luca arbore un menton contusionné et une lèvre fendue.

— Ce n'était pas à l'entraînement.

C'est la seule réponse que j'obtiens car le professeur commence son cours et Luca fait semblant de prêter attention en classe d'économie.

C'est une première pour lui. Il a sorti un cahier et sa main se déplace sur la page.

Est-ce qu'il prend vraiment des notes ?

Un coup d'œil sur le papier et je vois qu'il griffonne, comme si son esprit vagabondait et qu'il n'était même pas conscient de ce qu'il dessine.

Ou peut-être qu'il en est conscient, mais ce n'est rien de précis. Son crayon continue de glisser sur la page, et je sais qu'il sent mon regard sur lui car ses épaules se crispent.

Au lieu de dire quoi que ce soit, il m'ignore.

— Rangez vos cahiers, ordinateurs portables, tout sauf un stylo ou un crayon. Nous avons un contrôle surprise, annonce le professeur dans les vingt dernières minutes du cours.

Fait chier.

Je n'ai pas pu étudier avec Luca pendant le week-end. J'espérais qu'on pourrait se retrouver dimanche soir, après son retour de chez son père et après l'entraînement de hockey.

Mais quand je lui ai envoyé un message, il m'a dit qu'il était trop fatigué pour sortir ou étudier.

Et avec les cernes sous ses yeux et le bleu sur sa joue, je suis remplie d'inquiétude.

S'il n'a pas eu ces contusions à l'entraînement, est-ce que c'est arrivé quand il était chez ses parents ?

Est-ce que c'est la mafia qui lui a fait ça ?

L'assistant du professeur distribue nos contrôles, rangée par rangée. J'en tends un à Luca en le fixant, voulant l'interroger sur la mafia, son père, mais je ne peux pas, pas ici, pas en classe.

Ses yeux rencontrent les miens et il se force à sourire.

Mais je ne lui souris pas en retour.

Je ne peux pas.

Je ne ressens que de l'inquiétude.

Du souci pour lui.

De la peur pour mon fils.

Je me fiche de ce qui m'arrive ; c'est Zeke qui est ma priorité.

Serait-ce plus sûr de disparaître avec Zeke ? Je sais que Luca est contre, parce qu'il croit que son père pourrait nous retrouver n'importe où, mais ça ne peut pas être vrai.

Je vais lui en parler après le cours, parce que j'ai peur que ce qui est arrivé à Luca, comme la lèvre fendue et la joue contusionnée, n'arrive à mon fils.

Peut-être pas aujourd'hui, alors qu'il a deux ans, mais quand il sera plus grand.

— Les yeux sur votre contrôle. Ce n'est pas un travail de groupe, gronde le professeur, et je passe de Luca au papier devant moi.

Je ne suis pas sûre des réponses que j'indique ; certaines sont à choix multiple, et même pour celles-là, deux réponses pourraient convenir. Pour la partie rédaction, je suis probablement fichue.

Je relève la tête pour rendre mon devoir, on peut partir dès qu'on a terminé.

Luca a déjà fini. Je ne l'ai pas vu se lever et descendre l'allée pour rendre son contrôle.

Je dépose le mien sur le bureau du professeur et balance mon sac à dos sur mon épaule, puis je me dirige vers la sortie de l'amphithéâtre.

Luca est appuyé contre le mur, les bras croisés sur la poitrine.

— Tu m'as attendue, dis-je, surprise qu'il ne se soit pas précipité dehors comme je le pensais.

— Quand est-ce que je ne t'accompagne pas à ton prochain cours ? réplique Luca, et il m'accompagne dehors.

Je boutonne mon manteau pendant que nous marchons, fouettés par l'air froid.

— Tu vas me dire comment tu as...

Je fais un geste vers mon visage, voulant en savoir plus sur ses ecchymoses.

— Ashton.

— Quoi ? Comment c'est arrivé ?

Le regard de Luca est fixé sur le trottoir, sa tête baissée, ses yeux refusant de rencontrer les miens.

— Je ne veux pas en parler.

— Ashton t'a frappé. Comment est-ce que tu peux ne pas vouloir en parler ?

Il me jette un bref coup d'œil puis son attention se reporte sur le ciment.

— C'est moi qui ai frappé en premier.

Merde.

Ce n'était *pas* ce que je m'attendais à entendre.

— Ok, dis-je lentement en faisant passer mon sac à dos d'une épaule à l'autre.

— Tiens, donne-moi ça, propose Luca en prenant mon sac à dos avec mes livres et mon ordinateur portable.

Il le porte pour moi à travers le campus.

— Merci.

— J'ai pensé à sécher les cours aujourd'hui, dit Luca avant de me jeter un regard, mais je voulais te parler.

— À propos de la bagarre ?

Ce n'est pas comme s'il m'avait vraiment expliqué quoi que ce soit.

Je ne sais toujours pas pourquoi Ashton et Luca

se sont battus. Je pourrais peut-être demander à Ashton s'il se présente encore au déjeuner. C'est devenu une habitude pour lui ces derniers temps.

Est-ce parce qu'il s'intéresse à Kensley ?

— Pas à propos de la bagarre. À propos de quelque chose que Dante m'a dit ce week-end.

— Oh.

J'expire bruyamment et mon souffle reste suspendu dans l'air.

— Le mariage, dit Luca.

Je m'arrête de marcher.

Le bâtiment est devant nous, et nous avons du temps puisque nous avons fini le contrôle plus tôt.

— Qu'est-ce que ton père a dit à propos de notre mariage ?

Mon estomac se noue à la mention de notre mariage, mais je dois savoir ce qui a poussé Luca à venir en cours après m'avoir clairement évitée hier soir.

— Il veut qu'on se marie en février.

— En février ?

Ma voix monte d'une octave. Je n'avais pas vraiment l'intention qu'elle soit aussi aiguë, mais il m'a prise au dépourvu avec ce commentaire.

— Avec l'école et ton fils, il est prêt à laisser

Nikki planifier le mariage pour nous et à l'organiser chez eux.

— Bien sûr qu'il l'est. Pour avoir le contrôle total sur tout, dis-je en marmonnant. Qu'est-ce que tu lui as dit ?

Luca hésite et me fixe du regard.

— Pas grand-chose. Putain, il est vraiment intimidant !

Je souffle et fais un pas en arrière.

— Je sais, il est sur le point de devenir mon beau-père.

Cette pensée me retourne l'estomac encore plus, comme si je venais de boire du lait avarié.

— Le bon côté, c'est qu'il m'a dit qu'on pouvait choisir la date.

Sérieusement ?

— Comme c'est généreux de sa part.

Je ricane en tournant les talons pour me diriger vers mon prochain cours.

— Tu es en colère, dit Luca.

Ce n'est pas une question, mais clairement une observation, parce que je bouillonne en ce moment.

— Je ne suis pas contente !

Je crie, et Luca me rattrape pour marcher juste à côté de moi. Même quand j'accélère le pas, il reste facilement à mes côtés.

— Tu es en colère contre moi... ou contre Dante ? me demande Luca.

Sa question est légitime.

Luca fait partie de cette histoire autant que moi, sinon plus parce qu'il a fait la bonne action en essayant de me sauver la vie. Je ne pourrai jamais lui rendre la pareille pour ça, mais peut-être que je peux lui offrir une porte de sortie.

— Je suis... frustrée !

Je le fusille du regard.

— Je sais que ce n'est pas ta faute. J'en veux à ton père, mais j'aimerais quand même que tu puisses simplement lui dire d'aller se faire foutre et de nous laisser tranquilles.

— C'est la mafia, bébé, dit Luca avec un léger sourire. Si je pouvais lui dire ça, alors ce serait moi qui dirigerais l'empire.

Personne ne tient tête à Dante Ricci.

Je ralentis alors que nous approchons du bâtiment Fitzroy pour mon prochain cours. Il me rend mon sac à dos, le mettant soigneusement sur mon épaule, ses mains douces mais fermes.

— Je ne veux pas me disputer avec toi, dit Luca.

J'acquiesce lentement.

— Je sais. Rien de tout ça n'est ce que *nous* voulons.

Je m'approche et me mets sur la pointe des pieds pour déposer un doux baiser sur sa joue.

— Dis à ta mère que je ferai ce qu'elle veut pour le mariage. Je la verrai si elle veut qu'on aille chercher une robe, peu importe. Je ne veux pas qu'on se mette ta famille à dos.

Les yeux de Luca se plissent.

— Tu es sûre ?

— Ne me le demande pas à nouveau, parce que ma réponse pourrait être différente.

Kensley et moi nous dirigeons vers la patinoire et je bouillonne d'enthousiasme à l'idée de voir Luca jouer ce soir.

— J'ai l'impression qu'on ne passe pas assez de temps ensemble, admet Kensley pendant le trajet.

— Je suis désolée.

Je m'excuse immédiatement, sachant que c'est entièrement ma faute. J'ai passé plus de temps avec Luca, et je sais qu'avec la planification du mariage à l'horizon, nous passerons encore moins de temps ensemble.

Sans parler de l'arrivée de Zeke qui va vivre avec nous.

Tout va changer.

— Non, ne t'excuse pas. J'ai juste l'impression qu'il me manque de très grosses pièces du puzzle.

Kensley s'arrête de marcher et me regarde fixement.

Nous ne sommes que toutes les deux, mais je jette un coup d'œil autour de nous pour m'assurer que personne n'est à proximité pour nous observer ou nous espionner.

J'ai pris l'habitude de vérifier constamment mes environs.

— Tu vois ! Tu sembles si paranoïaque ces derniers temps. Tu as un harceleur ? demande Kensley.

Je ris, et je vois le soulagement envahir ses traits.

— Non.

— Qu'est-ce qui se passe ? Je comprends pourquoi tu n'as pas mentionné Zeke quand on s'est rencontrées. On venait de se rencontrer, il n'était pas sur le campus. Tu voulais probablement une expérience universitaire normale ou quelque chose comme ça... dit Kensley en agitant la main. Mais les fiançailles avec Luca, je me suis retenue, mais je ne peux plus garder le silence.

— Tu n'approuves pas ?

Je m'attends à ce que ce soit le cas.

— Je pense que tu caches quelque chose. Je veux dire, tu niais même avoir des sentiments pour lui au début du semestre, et puis soudain, vous êtes fiancés, mais il n'y a pas de bague. Ce qui ne veut pas nécessairement dire quoi que ce soit, et je ne te juge pas si tu l'aimes, mais je ne sais pas. Quelque chose cloche.

Kensley est plus que légèrement suspicieuse, et je ne peux pas lui en vouloir.

— Tu peux me faire confiance, dit Kensley. Je te promets que tout ce que tu diras restera entre nous.

J'exhale brusquement et jette un nouveau coup d'œil alentour.

Quelques personnes s'approchent dans notre direction et je l'écarte du trottoir, attendant qu'elles passent.

— Tu ne peux le dire à personne, pas à Luca, et même pas à Ashton.

Kensley sourit d'un air narquois.

— Tu crois que je vois Ashton sans toi ? Je promets de ne rien dire, maintenant crache le morceau, ma belle.

— Luca m'épouse pour me protéger, dis-je tout bas. Sa famille est dans la mafia, et je me suis retrouvée mêlée à quelque chose que je n'aurais pas dû voir.

Je passe sous silence les détails parce que je ne veux pas que Kensley en sache plus qu'elle n'en sait déjà.

Le lui dire met sa vie en danger, ce qui est égoïste de ma part, mais j'ai besoin de son aide.

— Son père a ordonné ma mort.

— Putain. Tu es sérieuse ?

Kensley hoquette et couvre sa bouche de sa main.

— Luca a proposé une solution différente, que nous nous mariions, ce qui fait de moi un membre de leur famille. Il me sauve la vie, et en échange, je suis sa femme.

— Et lui, qu'est-ce qu'il y gagne ? demande Kensley avant de me regarder de haut en bas. Laisse tomber.

Je manque de m'étrangler.

— Qu'est-ce que ça veut dire ?

— Allez, tu es mignonne. Il a des vues sur toi depuis combien de temps ? Tu ne peux pas être inconsciente de son béguin. Maintenant, il t'a.

— Pour toujours...

— Il y a toujours le divorce, à moins qu'ils ne tuent leurs ex-femmes ?

Je ne me souviens pas avoir entendu parler de

divorce ou de mariages précédents parmi les membres de sa famille.

— Écoute, tu ne peux le dire à personne. Tu as promis.

— Tu as ma parole. Ça me suivra jusqu'à la tombe.

— Tant mieux, parce que je vais avoir besoin de ton aide.

Nous terminons notre conversation privée avant de nous diriger vers la patinoire. Nous ne sommes pas aussi en avance que prévu. C'est ma faute, mais je suis contente d'avoir enfin quelqu'un d'autre à qui me confier.

Nous prenons nos places. Les Narvals sont déjà sur la glace pour l'échauffement.

Je suis enfouie dans la foule, et bien que je ne sois pas sûre que Luca me voie, je lui ai envoyé un message pour lui dire que je serais à son match ce soir.

Il s'avère que je pourrais bien apprécier le hockey. Non pas que j'aie la moindre idée de ce qui se passe, mais regarder Luca jouer et le voir gagner a été un moment fort de ma semaine.

Il a été brillant sur la glace et ne déçoit pas une fois de plus, marquant deux des quatre buts ce soir.

Il finit quand même sur le banc de pénalité à deux reprises, mais il n'a commencé aucune des bagarres. Ce qui me rassure un peu, compte tenu de ce qui s'est passé entre lui et Ashton il y a quelques jours.

L'ecchymose sur son visage n'est presque plus visible, et sa lèvre fendue est déjà guérie.

Contrairement à la dernière fois où nous avons attendu près de nos sièges, cette fois-ci, nous attendons à l'extérieur du vestiaire de l'équipe, à son insistance.

Kensley me tient compagnie, et comme ils ont remporté une grande victoire, j'imagine qu'ils voudront fêter ça et se défouler lors de leur fête d'après-match à la maison.

La porte s'ouvre brusquement, et Chase et Liam sortent du vestiaire.

Je les reconnais tous les deux de la fête, et même si je sais que Liam vit avec Luca, je le vois rarement à la maison. Il est toujours dehors, à faire je ne sais quoi.

Les quelques fois où je l'ai vu, il passe rapidement, prend quelque chose dans sa chambre puis repart aussitôt.

— Salut, Liam, dis-je avec un signe de tête.

Le semestre prochain, il sera l'un de nos

colocataires, mais si c'est comme ce semestre, il sera à peine présent.

Luca n'a jamais mentionné que Liam avait une petite amie, mais il doit en avoir une s'il dort ailleurs chaque nuit.

Non ?

— Tu es la fiancée de Luca, dit Chase en s'approchant de moi.

Apparemment, il est au courant. La nouvelle devait bien finir par se répandre, surtout avec les arrangements de logement pour le prochain semestre.

— C'est exact, dis-je en me tenant plus droite, essayant de ne pas me sentir intimidée par deux très beaux joueurs de hockey qui me dépassent de plusieurs centimètres.

— Il t'a mise enceinte ? demande Chase.

Il me scrute de la tête aux pieds, mais son regard s'attarde quelques instants sur mon ventre.

La porte du vestiaire s'ouvre à la volée, et Luca sort, douché et habillé.

Luca rayonne, absolument radieux après le match de ce soir, mais cela se transforme rapidement en une chaleur ardente alors qu'il fusille Chase puis Liam du regard.

— Ils te donnent du fil à retordre ? grogne Luca

en se précipitant pour passer un bras autour de mes épaules.

J'oublie sans cesse s'il s'agit du vrai Luca ou de celui qui prétend être amoureux de moi. Les frontières semblent vraiment floues ces derniers temps.

— Ils me posent juste des questions sur nos fiançailles, dis-je en forçant un sourire pour essayer d'apaiser la tension.

Je ne sais toujours pas ce qui a énervé Luca au point qu'il se batte avec Ashton. La dernière chose que je souhaite, c'est que Luca se bagarre avec ses autres coéquipiers. Non seulement c'est terrible pour le moral de l'équipe, mais je ne veux pas qu'il arrive quoi que ce soit à Luca.

Il n'a pas besoin de se battre pour moi.

— Ils sont juste jaloux, gronde Luca à leur intention avant de se retourner vivement pour capturer ma bouche de la sienne.

Il comble la distance avec empressement et m'embrasse avec fougue.

Sa jambe se glisse entre mes cuisses et les écarte tandis qu'il me plaque contre le mur, et pendant un instant, je me demande jusqu'où il veut aller avec ses coéquipiers qui regardent.

Ça ressemble vraiment à une mise en scène.

Je me laisse aller dans ce baiser, entrouvrant mes lèvres, le laissant prendre l'initiative tout en le désirant avidement. Le besoin s'empare rapidement de moi, mes doigts s'agrippent à sa chemise, à son dos, alors qu'il me soulève contre lui et que j'enroule mes jambes autour de lui.

Je pourrais volontiers le baiser ici et maintenant si ça pouvait tous les faire taire.

Nous nous séparons un bref instant pour reprendre notre souffle, nos fronts appuyés l'un contre l'autre. Puis à nouveau, je doute fortement que tout ceci soit un jeu, car il m'a même convaincue, moi.

Je peux sentir son désir me pousser, et mon propre corps pulse pour en avoir plus.

— Prenez une chambre, gémit Liam en donnant une tape sur l'épaule de son pote Chase. Allons chez moi pour célébrer la victoire.

— Je crois que je vais simplement rentrer, dit Kensley.

Je me détache de l'étreinte de Luca, les jambes flageolantes alors qu'il me maintient stable contre le mur, ses mains fermement posées sur mes hanches.

— Tu es sûre ? On peut passer plus de temps ensemble.

Kensley sourit et fixe Luca.

— Ne le prends pas mal, mais je n'ai pas envie de vous regarder vous bécoter toute la soirée ou baiser sur le canapé.

— On n'a pas...

Je fronce les sourcils sans comprendre son jugement. Nous avons fait très attention à monter à l'étage lors de la dernière fête et à garder tout privé, juste entre nous deux.

— C'est bon, ça ne me dérange pas de te raccompagner chez toi, lui propose Luca.

Après avoir déposé Kensley à sa résidence, Luca et moi retournons chez lui en voiture. J'apprécie le calme et le fait que ce ne soit que nous deux pour quelques brefs moments de paix et de tranquillité avant de mettre les pieds chez lui.

Je sais que l'équipe célèbre et je suis heureuse pour eux ; ils méritent cette victoire et Luca en est la raison, mais ces petits moments tranquilles entre nous deux me manquent encore.

— Qu'est-ce que tu fais pour Thanksgiving ? me demande Luca en se garant devant son immeuble. Ça arrive vite.

Il redescend clairement de son pic d'adrénaline alors qu'il me ramène chez lui pour la fête. Je sens son énergie crépiter, et je tends la main vers la sienne, pour être son ancre.

— Est-ce que je peux juste rester dans ma résidence et me cacher du monde ?

— Et Zeke ?

Un lourd soupir s'échappe de mes lèvres.

— Je ne pense pas que mes parents seront contents de me voir quand j'arriverai pour Thanksgiving. Je sais qu'ils vont essayer de me dissuader de t'épouser, d'emménager ensemble le semestre prochain, tout ça.

Il hoche lentement la tête et gare la voiture mais laisse le moteur tourner. Je détache ma ceinture, prête à sortir, mais il n'a pas coupé le contact.

La conversation n'est clairement pas terminée pour lui.

Il détache sa ceinture et se tourne vers moi.

— Je pourrais venir avec toi, dit-il.

J'ouvre la bouche, considère sa suggestion, puis je la referme.

— C'est quoi cette tête ? me demande Luca en me regardant avec curiosité.

Il tend la main et effleure ma joue.

— Et ta famille, tes parents ? Tu crois que Dante acceptera que tu manques Thanksgiving ?

Luca hausse les épaules et jette un coup d'œil à la maison.

— Je l'ai raté l'année dernière. Ça ne l'a pas tué.

— Dommage.

Je rétorque sans réfléchir avant de grimacer.

— Désolée.

— Ne t'excuse jamais d'être honnête avec moi. C'est la seule chose que je te demande, dit Luca.

Je sais qu'il a raison. Je n'ai pas toujours été honnête avec lui. Je lui ai caché Zeke, mais à l'époque, nous ne sortions pas ensemble et il n'y avait pas eu de bon moment pour révéler que j'avais un fils. Je n'ai aucune intention de lui cacher quoi que ce soit à nouveau.

— Donc, Thanksgiving chez mes parents ?

Le simple fait de le dire à voix haute me donne la nausée.

— Si nous sommes tous les deux invités, dit Luca. Je vais où tu vas.

Je tends la main vers lui pour prendre la sienne.

— Tu n'as pas à souffrir avec moi, parce qu'il va être impossible de traverser ce repas sans dispute.

Luca me tire vers lui pour me rapprocher.

— Je ne vais pas te laisser traverser ça toute seule. Nous sommes ensemble dans cette histoire. S'il te plaît, ne l'oublie jamais.

———

Je redoute le moment où le quatrième jeudi de novembre arrive.

Thanksgiving.

Luca a accepté de m'accompagner, pour qu'on puisse souffrir ensemble en enfer.

Bien que mes parents ne soient pas mafieux, ils ne sont pas non plus discrets concernant leurs opinions. En grandissant, je n'ai jamais pensé que cela pouvait être un défaut jusqu'à ce que je tombe enceinte à quinze ans.

Alors les parents que tous mes amis adoraient, qu'ils considéraient comme leur propre mère et père, m'avaient donné l'impression de s'être retournés contre moi.

Ils voulaient que je règle mon petit problème, pour que ça n'ait pas de conséquences sur mon avenir.

Mon corps, mon choix, leur avais-je dit.

Je n'avais pas vraiment envie de poursuivre cette grossesse, mais j'étais en pleine rébellion, et quoi qu'ils veuillent, je faisais le contraire.

Peut-être l'avaient-ils su depuis le début, et c'était une sorte de psychologie inversée qu'ils m'avaient infligée.

Il s'avère que la grossesse était une galère que je

n'avais pas vue venir, et élever un bébé, c'était encore plus difficile.

Mais ils ont soutenu toutes mes décisions.

Je crois toujours avoir pris la bonne décision, même si ça a été difficile pour tout le monde. Zeke est formidable. J'aimerais juste passer plus de temps avec lui, et il semble que mon souhait soit en train de se réaliser.

Que je sois prête ou non.

Le repas est sur la table, la porcelaine de ma grand-mère, et la vraie argenterie à côté de nos assiettes. C'est le seul moment où nous sommes autorisés à utiliser la vaisselle spéciale ; sinon, elle est soigneusement rangée sur l'étagère du haut, hors de portée.

Zeke a une assiette en plastique, ce qui est sage étant donné qu'il aime faire tomber son assiette par terre. La plupart du temps, je le nourris simplement dans sa chaise haute quand je suis avec lui, ou dans le cas où nous sommes chez quelqu'un qui a une salle à manger avec de la moquette, alors je le nourris à la main, ce qu'il déteste.

— Merci de m'avoir invité ce soir, dit Luca en souriant pour essayer de détendre l'atmosphère.

Nous sommes à peine là depuis vingt minutes, le repas est déjà préparé. Nous aurions probablement dû arriver plus tôt, mais honnêtement, je ne le voulais pas.

J'ai tremblé et pleuré, en pleine crise d'angoisse. Luca a réussi à me calmer, étrangement de la même manière que sa mère l'avait fait la première fois que nous avions déjeuné ensemble.

— Eh bien, c'est notre fille qui t'a invité, lance Papa en fusillant Luca du regard.

— Papa, je voulais que tu fasses connaissance avec Luca, dis-je en prenant la main de Luca et en la serrant. Il est important pour moi. J'espérais que tu prendrais le temps de connaître quelqu'un qui compte autant pour moi.

— Je sais tout ce que j'ai besoin de savoir, rétorque Papa. Il ne s'intéresse qu'à une seule chose avec ma fille !

Catrina s'éclaircit la gorge et lance un regard noir à son mari.

— Oh, calme-toi, Jack. Comme si nous n'étions pas follement amoureux quand nous nous sommes rencontrés.

— On ne s'est pas mariés après un mois.

Catrina force un sourire.

— Non, certainement pas. Mais peut-être devrions-nous donner le bénéfice du doute à ces deux tourtereaux et les laisser nous expliquer pourquoi ils souhaitent se précipiter dans le mariage et la vie de famille.

Mon père observe attentivement Maman avant de dire :

— Luca, pourquoi ne commences-tu pas ? Puisque tu vas instantanément devenir le père de Zeke quand tu épouseras ma fille.

———

Trois semaines plus tard, lorsque Luca est contraint d'aider Dante avec je ne sais quelle affaire mafieuse, Nikki, Paige, Nova et moi allons faire du shopping pour une robe de mariée.

Bien sûr, il n'y a pas que les filles.

Comme la dernière fois, Moreno nous sert de baby-sitter.

— Est-ce qu'on peut vraiment obtenir une robe d'ici février ?

On est déjà en décembre, et j'espère toujours que Nikki retrouvera la raison, convaincra son mari de repousser le mariage, au moins jusqu'à notre diplôme.

C'est en partie la raison pour laquelle j'ai accepté d'aller faire du shopping avec sa mère. Mais je ne m'attendais pas à ce que Nikki invite aussi la mère de

Nova. Au moins, Paige a eu le bon sens de suggérer que Nova se joigne à nous.

Nova reste avec moi dans la cabine d'essayage pendant que Paige et Nikki continuent de me procurer des robes à essayer.

— Nous pouvons avoir une robe pour fin janvier si nous la commandons dans cette boutique, dit Nikki. Bien sûr, elle aura besoin de retouches, mais nous avons une couturière qui peut faire ces ajustements en quelques semaines. Ce qui nous mène à fin février...

Sa voix s'estompe.

— C'est parfait. Je pensais au dernier samedi de février.

Personnellement, je pensais au vingt-neuf février puisque ce n'est pas une année bissextile, mais je m'abstiens d'être insolente.

Nikki est agréable, tout comme Paige, et je ne veux pas que Dante apprenne que je cause des problèmes.

La dernière chose que je veux, c'est blesser Luca.

— J'aime vraiment beaucoup la première robe, me dit Nova alors que j'essaie la quatrième ou cinquième de l'après-midi.

J'ai déjà perdu le compte.

— Non, le style sirène ne met pas du tout mon

corps en valeur. Je n'ai pas la poitrine pour porter cette robe, ni les courbes. On dirait un arbre bosselé.

— Je suis d'accord avec Harper, dit Paige. On va trouver quelque chose de mieux, quelque chose qui te convient.

Elle me pousse une autre robe à essayer à travers le rideau qui sert de porte.

Nova prend la robe et m'aide à l'enfiler pendant que les mères sont dehors à parcourir le magasin à la recherche de robes disponibles à essayer. Elle se penche vers moi et chuchote pour que personne d'autre ne puisse entendre :

— Tu vas vraiment aller jusqu'au bout et épouser Luca ?

— Est-ce que j'ai le choix ?

Je jette un coup d'œil par-dessus mon épaule en disant cela.

J'aimerais faire confiance à Nova, mais sa famille n'est pas fiable, ce qui la place dans ma catégorie d'incertitude.

Je fais confiance à Luca, et sa famille n'est pas fiable.

— Tu pourrais leur dire non, chuchote Nova.

Je lui lance un regard sceptique.

— Tu penses que Dante accepterait un non ?

Nova hausse les épaules et s'assied sur le banc dans la cabine d'essayage.

— Probablement pas. Je déteste juste vous voir vous marier dans ces conditions. Ce n'est tout simplement pas ce que vous voulez, ni l'un ni l'autre.

— Tu as parlé avec Luca ?

Je me demande ce qu'il a dit à Nova à propos du mariage à venir.

Luca et moi n'avons pas fait le moindre préparatif de mariage nous-mêmes. Nous n'avions même pas fixé de date précise jusqu'à aujourd'hui, quand je l'ai simplement annoncé à Nikki.

Nous en avions parlé en privé, mais nous espérions que plus nous attendrions, plus nous pourrions repousser le mariage un tout petit peu plus longtemps.

— Il évite les discussions sur le mariage, mais je me suis dit que c'était le cas de tous les mecs. Je veux dire, je connais la raison pour laquelle vous allez vous marier.

Elle me regarde sérieusement.

— Dante te force. Mais il doit y avoir une autre solution.

— Il n'y en a pas, et nous ne devrions pas parler de ça près de ta mère ou celle de Luca parce que tout ce qui est entendu nous retombera dessus.

— Au moins, Papa attend dehors, dit Nova.

Moreno nous a conduites et a insisté pour entrer dans le magasin, mais la boutique est déjà assez petite et bondée entre les robes et nous quatre, plus les deux vendeuses. Paige lui a dit d'aller prendre un café et de laisser les filles un peu entre elles.

Il a grogné mais n'a pas remis les pieds dans la boutique. Il est dehors, probablement en train de fusiller du regard quiconque songerait à entrer dans la boutique de robes.

Nova aide à attacher le dos de la robe, qui est beaucoup trop grande, mais elle la resserre avec des pinces pour avoir une idée de comment elle devrait aller.

— Qu'est-ce que tu penses de cette robe ?

J'ouvre le rideau de velours violet et je sors pour me tenir devant le miroir en pied. La robe est absolument magnifique, avec de longues manches en dentelle et une coupe en A qui s'évase juste au bon endroit.

— C'est celle-là, dis-je, certaine que si je devais me marier un jour, ce serait la robe.

Je mordille ma lèvre inférieure alors que mes doigts effleurent le tissu duveteux. Je n'ai même pas regardé l'étiquette de prix.

— Quand est-ce que nous pourrions avoir celle-ci à sa taille ? demande Nikki à la vendeuse.

Elle s'approche et regarde l'étiquette glissée à l'arrière de la robe, puis elle part avec les informations avant de revenir.

— Nous en avons deux de ce modèle en stock dans notre entrepôt à sa taille. Cela prend généralement quelques semaines, mais nous pouvons faire une demande spéciale pour qu'elle soit livrée d'ici vendredi pour un retrait en magasin. Est-ce que cela conviendrait ?

La façon dont la fille qui gère la boutique regarde Nikki me fait frissonner.

— Oui, nous passerons samedi prochain pour l'essayer et la récupérer, dit Nikki, décidant déjà de mon emploi du temps à ma place.

La semaine prochaine, c'est Noël.

Nova tient la traîne de la robe pendant que je retourne dans la cabine d'essayage et me déshabille. Elle attrape le rideau et le ferme pour moi avant de défaire les pinces à l'arrière et de m'aider à sortir de l'élégante robe.

— C'est définitivement celle qu'il te faut, dit Nova en souriant tandis que je remets mes vêtements.

— Vous porterez un voile ? me demande la

vendeuse pendant que j'enfile mon manteau puis tire le rideau.

— Je n'y avais pas vraiment pensé, dis-je.

— Oui, ce sera traditionnel, dit Nikki avant de passer un bras autour de mes épaules. Si tu ne l'aimes pas, tu n'es pas obligée de le porter, mais nous devrions au moins l'avoir pour le mariage. Surtout pour les photos.

— Bien sûr. Merci, Belle-maman, dis-je, les mots légèrement forcés, mais j'offre un sourire pour essayer de montrer ma gratitude.

Si je peux m'attirer les bonnes grâces de quelqu'un, c'est définitivement Nikki, et je vais avoir besoin d'elle de mon côté.

Le sourire de Nikki s'illumine quand elle m'entend l'appeler *Belle-maman*. Elle enroule un bras autour de mes épaules.

— Je suis si heureuse de t'avoir dans notre famille, Harper.

DIX

NOVA

Je descends les escaliers en vitesse le jour de Noël, tellement heureuse qu'Ashton se joigne à nous pour les fêtes.

— Qu'est-ce qui te fait lever si tôt ? me demande Luca qui est en train de siroter une tasse de café fumant.

— Tu es déjà là !

L'enthousiasme me submerge tandis que je me précipite pour serrer mon frère dans mes bras.

— Joyeux Noël ! Tu es venu tout seul ?

Je regarde autour de moi dans l'espoir qu'Ashton soit quelque part dans cette maison, tout en essayant d'être discrète.

Discrète n'est pas mon deuxième prénom.

— Juste Ashton et moi pour l'instant. Il aide Dante à déplacer des meubles à l'étage. Je vais passer chez les parents de Harper pour la récupérer avec Zeke dans environ une heure.

— Ils ne viennent pas tous ?

Je sais que Maman et Papa les ont invités, ainsi que les parents de Luca, mais après ce que j'ai entendu sur leur dernière visite, je ne devrais pas être si surprise.

Luca fronce les sourcils.

— Je ne suis même pas sûr qu'ils viendront au mariage.

— Ne t'inquiète pas, dis-je en me servant une tasse de café dans laquelle je verse une tonne de crème aromatisée pour masquer l'amertume. Je suis sûre qu'ils finiront par comprendre. C'est leur petit-fils qui va leur manquer s'ils ne viennent pas.

— Ouais, dit Luca en sirotant sa tasse. J'espère que tu as raison.

Il s'appuie contre le comptoir de la cuisine et m'observe préparer mon café.

— Comment ça avance avec tes cartons ? demande Luca.

La semaine prochaine, nous emménageons dans la nouvelle maison que nous louons.

— Bien. J'ai presque terminé. J'ai entendu Papa

au téléphone, qui essayait de convaincre les locataires actuels de partir avant Noël.

Luca rit.

— Je ne peux qu'imaginer à quel point ça se passe bien.

— Il jurait et a fait irruption dans le bureau de Dante, toujours au téléphone.

Je hausse les épaules.

— Je n'ai pas pu entendre la suite.

Il prend une autre gorgée de sa tasse.

— Peu importe. Quelle différence une semaine de plus peut faire ? Moins même, puisqu'on emménage le premier du mois.

— Le vingt-huit, intervient Papa en surgissant derrière nous.

Cet homme est d'une discrétion absolue quand il le veut.

— Nous avons réussi à vous obtenir quelques jours supplémentaires avant la reprise des cours. Vous emménagez le vingt-huit décembre.

— Tu voulais vraiment que je parte cette année.

Je lance un regard noir à Papa, mais je ne suis pas en colère contre lui. Lui et Dante essayaient juste d'aider. Ils veillent toujours sur la famille et nous placent en priorité.

— Dante et moi voulions nous assurer qu'il y ait

suffisamment de temps pour que tout le monde s'installe avant ton premier jour. Surtout avec Zeke, pour qui nous avons organisé tous les arrangements pour la chambre d'enfant.

— Quoi ?

Luca se tourne vers mon père, Moreno.

— C'était censé être une surprise pour Harper, mais ton père et moi avons commandé un lit d'enfant et quelques affaires pour Zeke.

Je n'arrive pas à lire les traits de Luca. Il masque ses émotions en ce moment.

— Je suis sûre que Harper et Luca apprécient votre aide, dis-je, essayant d'apaiser les tensions.

C'était gentil de la part de Dante et Papa.

— Ne mets pas des mots dans ma bouche, me lance sèchement Luca.

Je quitte la cuisine pour donner à Luca son espace et le laisser gérer la situation avec mon père.

— Qu'est-ce qui ne va pas, fils ?

Bien que Papa ne soit pas le père biologique de Luca, il a contribué à l'élever autant que Dante.

— J'aurais juste aimé le savoir avant. Nous essayons d'économiser de l'argent pour nous assurer que Zeke soit bien pris en charge quand il est avec nous. J'envisageais de prendre un emploi à temps partiel, tout comme Harper.

Je reste dans le couloir, à écouter discrètement, en faisant attention de ne pas être vue. Mais je suis curieuse, car Luca n'a jamais mentionné qu'il cherchait du travail. Je ne peux pas imaginer qu'il ait même le temps de travailler, avec l'université et le hockey qui prennent tant de place.

— Dante ne voudrait pas ça pour toi. Tu travailles pour lui. Tu serais trop éparpillé. Et j'ai parlé avec lui ; il a accepté de te payer autant qu'Ashton.

— Merveilleux, dit Luca, mais il n'y a aucune trace de bonheur dans son ton.

— Écoute, si tu n'aimes vraiment pas Harper, il y a une autre façon de sortir de cette situation—

Il ricane, et j'entends la tasse qui s'entrechoque et se brise, probablement dans l'évier. Je jette un coup d'œil par-dessus le coin pour voir s'il l'a lancée, mais il n'y a pas de morceaux brisés sur le sol.

Définitivement dans l'évier.

— Je ne ferai jamais de mal à Harper ou à son fils, dit Luca. Et si tu oses suggérer ça—

— Je n'oserais pas, dit Papa. J'essaie juste de veiller sur toi, Luca. Je t'ai toujours considéré comme mon propre fils.

Des pas résonnent sur le sol en marbre, et ils viennent définitivement de l'escalier.

Fin de l'espionnage. Je me dépêche de partir dans le couloir pour ne pas me faire prendre quand je lève les yeux et aperçois Ashton et Dante qui approchent.

— Salut.

Mes yeux s'illuminent, et je fais tout mon possible pour ne pas paraître trop enthousiaste de voir Ashton.

— Joyeux Noël.

Dante passe devant nous, sans me prêter la moindre attention. Je ne suis qu'une nuisance pour lui, probablement comme Luca.

Sauf que Luca est son fils.

Ashton attend un instant avant qu'un sourire s'étire sur son visage, et il me prend dans ses bras.

— Joyeux Noël, Nova.

Il pose ses lèvres sur les miennes, et instantanément, je me fige.

Je le repousse, les yeux écarquillés d'horreur.

— Qu'est-ce que tu fais ?

Je ne pense qu'à une chose : *n'importe qui peut nous voir !*

Ashton pointe du doigt le gui dans le couloir.

— Je l'ai accroché ce matin.

Je lui donne un coup de coude et prends sa main pour l'entraîner loin des regards indiscrets ou des caméras de surveillance. Je connais tous les endroits secrets invisibles.

— Viens avec moi.

Je l'emmène dans le dressing du couloir. La fenêtre en vitrail filtre juste assez la lumière du jour pour dissimuler notre présence.

Je me dirige vers le fond du placard, et Ashton me suit sans broncher.

— J'avais envie de t'embrasser, dis-je tout bas.

Je me mets sur la pointe des pieds pour atteindre ses lèvres.

Ashton est plusieurs centimètres plus grand que moi, et il se penche, me prend dans ses bras et s'assoit sur le banc en m'attirant sur ses genoux.

Nos bouches fusionnent avec une chaleur ardente qui s'intensifie comme un volcan prêt à entrer en éruption.

Ses doigts effleurent ma hanche puis remontent vers mon cou. Il abaisse doucement le bord de mon col roulé et constate que sa marque a presque disparu.

— Quelqu'un t'a posé des questions à ce sujet ?

— L'énorme suçon que tu m'as fait ?

Je ris et m'écarte légèrement.

— Heureusement, j'ai plein de pulls avec des cols assez hauts, personne n'a posé de questions.

Ashton ne s'excuse pas.

Il sourit.

— J'aimerais presque que tu le montres à tout le monde. Qu'ils sachent que tu es à moi, dit Ashton, puis il vole un autre baiser sur mes lèvres.

Ses mains sont de nouveau autour de mes hanches et me gardent pressée contre lui sur ses genoux.

— Un peu possessif, non ?

En vérité, je suis plutôt satisfaite de son attachement envers moi.

D'après ce que j'ai entendu et vu, il ne couche jamais deux fois avec la même personne. Le simple fait qu'il s'intéresse encore à moi me fait mentalement faire des sauts périlleux.

Il fixe mes lèvres, comme si elles étaient le centre de son univers.

— Ne me mets pas d'étiquette, dit Ashton avant de déposer un rapide baiser sur ma bouche.

Je gémis à la perte de contact et passe mes doigts dans ses cheveux. Je relève son regard pour qu'il croise le mien.

— Tu veux vraiment que mon frère découvre ce qu'il y a entre nous ?

Il soupire et les baisers sont momentanément interrompus une fois de plus.

— Non, mais toute l'équipe est au courant. On n'a pas vraiment été discrets. Tout le monde nous a vus à la fête après le match ce soir-là.

En fait, nous avons été discrets, mais c'est parce qu'on s'est embrassés et que tout le monde nous regardait que les rumeurs à notre sujet ont commencé.

— Combien de temps avant que Luca ne l'apprenne ?

Je ne peux m'empêcher de me demander si je devrais lui dire, ou si Ashton devrait le faire. Ils sont coéquipiers et meilleurs amis.

Mais je suis sa sœur.

— Bientôt s'il vient nous chercher, dit Ashton, et je grommelle en me levant.

Déjà, la sensation chaleureuse de ses mains sur mon corps me manque.

Il se lève et replace une mèche rebelle derrière mon oreille.

— Tu es toute rouge. Va aux toilettes te rafraîchir pendant quelques minutes.

— Et toi ?

— Moi quoi ?

Son sourire s'évanouit.

— Je suis frais comme un gardon.

Je jette un coup d'œil sur son corps et examine son jean, où son sexe est dissimulé.

— Vraiment ?

— Je vais patienter ici quelques minutes, dit Ashton.

Il dépose un dernier baiser sur mes lèvres, puis je me faufile hors du dressing en espérant que personne ne me remarque.

———

Je suis plus qu'un peu enthousiaste quand le vingt-huit arrive et que nous emménageons dans la maison de location sur le campus.

C'est une propriété bien plus agréable que les résidences universitaires que j'ai visitées, et j'ai encore du mal à croire qu'elle est à nous pour le semestre.

La maison comprend cinq chambres sur deux étages, avec beaucoup d'espace de vie et d'étude. Elle est plus grande que l'ancien logement de Luca, où il vivait avec Ashton, Liam et Jessie.

Curieusement, je n'ai jamais rencontré Jessie. Ni quand je rendais visite à Luca les week-ends, ni même quand nous avons déménagé. Il n'était jamais là, encore moins que Liam, qui montre à peine son visage à la maison.

Ce qui me convient parfaitement. Vivre avec des garçons n'est pas mon premier choix, mais Papa a insisté pour que je reste dans la même maison que Harper et Luca. Je trouve toute cette situation un peu étrange puisqu'ils vont bientôt se marier et que Harper a un enfant, mais peu importe.

Du moment que Zeke ne pleure pas au milieu de la nuit ou ne m'empêche pas d'étudier.

Je n'ai pas vraiment passé beaucoup de temps avec le petit. Je l'ai rencontré le jour de Noël et lui ai donné plein de chatouilles et de câlins.

Il était fasciné par le petit train que Dante et Nikki lui avaient offert, ce qui semblait bien l'occuper, sauf quand Harper a dû lui courir après, à plusieurs reprises.

Harper et Luca sont au bout du couloir, avec Zeke juste à côté.

La chambre d'Ashton est à l'autre bout du couloir.

— Je réserve cette chambre ! dis-je en choisissant celle en face d'Ashton, avant même d'ouvrir la porte pour vérifier sa taille.

La porte d'Ashton est grande ouverte, et il est allongé sur son lit en train de lire un magazine.

Je passe la tête par l'encadrement, curieuse de savoir s'il fait juste une pause ou s'il a déjà fini.

Il n'y a aucun carton dans sa chambre, rien à déballer pour lui. Il pourrait aider dans la cuisine, mais il se cache, probablement jusqu'à ce que quelqu'un d'autre le remarque.

— Tu as déjà fini ?

Il désigne la commode.

— J'ai juste fait déplacer le meuble avec mes vêtements à l'intérieur.

Son air suffisant m'accueille.

— Tu veux m'aider ?

— Je passe, dit Ashton en tournant la page de son magazine.

— Ce n'était pas une question.

Il grommelle et ferme le magazine, puis descend du matelas. Il traverse le couloir, jette un coup d'œil en direction de la chambre de Luca et Harper avant de se précipiter dans ma chambre et de fermer la porte assez brusquement.

— J'ai dit aider.

Je ris en le fusillant du regard tandis que j'ouvre un carton plein et examine son contenu.

— Oh, j'ai quelques idées pour t'aider.

Il hausse les sourcils d'un air suggestif.

— Pas sûr qu'elles impliquent du carton, cependant.

Ashton fait un geste vers les boîtes à mes pieds.

— Tu es inutile, dis-je en déversant tous mes vêtements sur le lit, au-dessus de lui.

Ashton rit et attrape une de mes culottes jaunes qu'il fait tournoyer sur son doigt.

— Regarde ce que je sais faire.

— Tu peux mettre mes affaires dans ce tiroir du haut, dis-je en montrant la commode.

Il marmonne quelque chose à voix basse.

— Quoi ?

Je le fusille du regard.

— On dirait qu'on est mariés. Avec toi qui me donnes des ordres.

— Eh bien, on vit ensemble.

Je souris malicieusement en posant les mains sur mes hanches.

— Autant t'y habituer, petit ami.

Ashton lève les yeux au ciel et me lance une de mes culottes.

Je l'attrape alors qu'elle atterrit sur ma poitrine.

Ashton se débarrasse des vêtements et se lève, laissant toutes mes affaires sur mon matelas.

— C'est ennuyeux. Je vais voir si—

— Si quoi ? Si Harper et Luca ont besoin d'aide ? Tu vas les aider à déballer ?

Je le fusille du regard.

— Il y a encore de la vaisselle et des casseroles à déballer dans la cuisine.

Il est pire qu'inutile. Je suis contente que sa chambre soit terminée, mais il n'a été d'aucune aide pour le reste de la maison.

— J'allais voir s'ils ont besoin d'aide avec Zeke, dit Ashton en se précipitant vers la porte.

Je me sens presque mal en me rappelant que mon frère et sa copine ont un enfant. C'est vrai. Zeke.

— Ok, d'accord. Mais n'apprends rien de mal à ce gamin. Pas de bruits de pets ni de bêtises du genre.

— Premier point à l'ordre du jour, les bruits de pets, me taquine Ashton, et j'arrache mon oreiller du matelas pour le lui lancer.

Il se baisse et l'oreiller frappe ma porte. Il se penche, le ramasse et le rejette sur le lit.

— Je reporte la bataille d'oreillers à plus tard, dit Ashton en ouvrant ma porte à la volée.

Il se précipite dans le couloir. Apparemment, il était pressé de partir. Je crie pour qu'il m'entende :

— Et gâter Zeke, c'est mon boulot ! N'oublie pas ça. Je suis sa tante !

Dix minutes plus tard, Zeke débarque dans ma chambre en hurlant hystériquement.

Je lève les yeux et vois Ashton qui le poursuit, les bras tendus comme un monstre.

— Je vais t'attraper, rugit Ashton d'une voix profonde, et Zeke se précipite vers moi et jette ses bras autour de ma jambe.

— Tu lui fais peur !

Je me penche pour soulever Zeke dans mes bras.

En l'examinant de plus près, je ne vois aucune larme, juste des sourires et des rires. Il tend les bras vers Ashton.

— Ce gamin m'adore, rayonne Ashton en le prenant de mes bras. Je suis son préféré.

— Tant mieux, parce que je suis toujours fâchée que tu n'aides pas.

Je fais semblant de le fusiller du regard, mais c'est difficile de rester en colère quand je vois à quel point il est bon avec Zeke. Et je déteste admettre qu'il aide, mais d'une manière différente.

— Zeke, tu veux aider cette jolie fille à ranger ses culottes ? demande Ashton à Zeke.

Mes yeux s'écarquillent d'horreur.

— Oh mon Dieu. Je te jure que tu vas le corrompre ! Harper !

— Est-ce que Zeke te dérange ?

La voix de Harper nous parvient du couloir.

Cette fois, c'est Ashton qui me lance un regard noir.

— Tout va bien ! Nova fait tout un drame.

J'ai envie de lui lancer quelque chose, mais il tient Zeke dans ses bras.

— Tu es un tel...

Je ne peux même pas jurer parce que le gamin me regarde droit dans les yeux !

— Un tel quoi ? sourit Ashton, visiblement amusé par la situation alors qu'il garde Zeke contre sa poitrine.

Il tourne Zeke face à moi, puis Ashton me tire la langue et utilise Zeke comme bouclier humain.

— Je n'en peux plus de toi !

Je pointe la porte du doigt.

— Dehors ! Garçons interdits !

— Quelqu'un est de mauvaise humeur.

Ashton rit, clairement amusé par ma colère. Il se penche et chuchote à Zeke, mais assez fort pour que je l'entende :

— Je pense que quelqu'un a ses règles.

— Je vais te tuer, Ashton !

Je lui crie dessus en le pourchassant hors de ma chambre jusque dans le couloir.

Il recule d'un pas et bat en retraite avec Zeke dans ses bras.

— Tout va bien ? demande Luca, qui enjambe les cartons dans le couloir étiquetés pour la salle de bain et le placard.

Visiblement, les cartons de la salle de bain n'ont même pas été mis dans la salle de bain.

Luca n'a aucune idée de ma relation avec Ashton. Je ne peux même pas la qualifier de relation amoureuse. Nous ne sortons pas officiellement ensemble. Mais nous passons du temps ensemble dès que nous en avons l'occasion, ce qui, à mon avis, n'est pas assez souvent.

J'espère que ça va changer maintenant que nous vivons ensemble.

Ce qui complique un peu les choses, mais ce n'est pas pire que si Luca découvrait la relation entre Ashton et moi.

Il ne doit pas le découvrir.

Luca va tuer Ashton.

Du moins, il va essayer. Je ne suis pas sûre qu'Ashton n'aura pas le dessus et ne bottera pas les fesses de Luca, ou pire.

Ashton me laisse parler. Debout dans le couloir,

il soulève Zeke dans les airs et fait semblant de le laisser tomber, ce qui lui vaut un fou rire du bambin.

— Ton coéquipier fait juste l'imbécile, dis-je.

Luca jette un regard à Ashton.

— Sois gentil avec ma sœur. Je sais que vous ne vous entendez pas toujours, mais il y a suffisamment d'espace dans cette maison pour ne pas vous entre-tuer. Ok ?

— C'est elle qui cherche les embrouilles, dit Ashton en me fusillant du regard.

Mais je peux voir l'ombre d'un sourire au coin de ses lèvres. Il joue cette dispute à fond, essayant de faire croire à Luca que nous nous détestons vraiment.

Je ne sais pas pourquoi mon frère penserait ça, puisque je suis souvent ici et que je regarde des films avec Ashton. Mais je l'embête constamment à propos des documentaires qu'il met. Ils sont ennuyeux à mourir, et je suis persuadée qu'il fait ça pour m'énerver.

— Je ne suis pas sûre que la maison soit assez grande avec son ego, dis-je sans détourner le regard.

— Trêve, exige Luca en nous regardant tour à tour. Ou je jure que je vais vous faire partager une chambre, avec deux lits, et vous y enfermer jusqu'à la reprise des cours.

— Tu es méchant.

Je feins l'agacement envers Luca.

— Mais d'accord. Trêve.

Je tends ma main à Ashton pour sceller notre accord.

Ashton commence à tendre sa main mais suspend son geste.

— Tant que je peux toujours recevoir des filles dans ma chambre pendant qu'elle y est, ça ne me dérange pas.

Je retire ma main et la serre en poing quand je le menace :

— Tu joues vraiment avec ta vie.

Luca lance un regard noir à Ashton.

— Il plaisante. Il n'y aura pas de fêtes sauvages ni de défilé de filles dans ta chambre. Nous avons Zeke ici, qui a besoin d'une vie normale.

— Normale, répète Ashton en haussant un sourcil et en me jetant un coup d'œil.

Rien dans notre situation n'est normal.

— Bien sûr, articule-t-il lentement.

— Ne me faites pas regretter que nous emménagions tous ensemble, dit Luca.

Ça sonne comme une menace, mais rien de tout cela ne dépendait de lui. Ses parents ont tiré les ficelles, comme toujours.

Zeke s'agite dans les bras d'Ashton, il devient impatient, et ce dernier le soulève dans les airs et fait semblant de le lancer, cette fois vers Luca.

— Tu l'attrapes ?

— N'ose même pas lancer mon fils !

La voix de Harper résonne dans le couloir.

— Je plaisante, dit Ashton. N'est-ce pas ?

Il frotte son nez contre celui de Zeke, qui attrape le nez d'Ashton.

Harper se fraye un chemin parmi les cartons vers nous.

— Donne-le-moi, dit-elle en tendant les bras vers Zeke.

Dès que Zeke voit sa maman, il commence à s'agiter pour aller vers elle et tend les bras.

Ashton relâche son étreinte sur le petit garçon, et je souris fièrement.

— Bien, maintenant tu peux aider au déballage, dis-je.

Luca pointe les cartons étiquetés *salle de bain*.

— Autant commencer ici, puisque tu as fini dans ta chambre.

— Est-ce que je peux aider Nova à déballer ? Elle a beaucoup de cartons dans sa chambre, suggère Ashton.

Il me regarde, comme s'il attendait ma réponse. Luca et moi répondons à l'unisson :

— Non.

— Vous n'êtes pas drôles, marmonne-t-il en attrapant le carton *salle de bain* le plus proche abandonné dans le couloir et en le poussant dans la salle de bain.

— Ça pourrait être pire, dis-je. Maman et Papa ont proposé leur aide. On pourrait avoir toute l'équipe mafieuse en train de déballer nos affaires.

— Et de planter des micros, ajoute Harper, qui porte Zeke avec elle en retournant dans le couloir.

Je regarde Luca et Ashton :

— Ils ne feraient pas ça... N'est-ce pas ?

Ashton ne répond pas. Il entre dans la salle de bain avec le carton et ferme la porte.

Je doute qu'il soit en train de déballer, il boude probablement parce que je l'ai mis au travail.

ONZE

MORENO

En frappant à la porte du bureau de Dante, je suis encore en train de débattre de mes options.

Ruminer la vérité ne la fera pas disparaître.

Mais je ne peux pas continuer à ignorer ce que j'ai vu.

Je ne le ferai pas.

Il faut faire quelque chose à ce sujet.

— Je peux avoir un mot, chef ? dis-je en captant l'attention de Dante un instant.

J'ai déjà trop attendu.

— Bien sûr, dit-il en me faisant signe d'entrer dans son bureau et de m'asseoir.

Dante fronce les sourcils et desserre sa cravate. Il

est tard, et même si nous devrions boucler pour la nuit, il y a toujours plus à faire.

— Cette expression sur ton visage m'inquiète, dit Dante.

Sa légère préoccupation n'est rien comparée au nœud dans mon estomac.

J'ai envie de vomir, mais ce serait mal vu de le faire dans le bureau du chef de la mafia.

J'exhale lourdement et trouve les mots que j'ai désespérément envie de dire, qui me rongent de l'intérieur.

— C'est à propos du garçon que tu as embauché et de ma fille, dis-je entre mes dents serrées.

Si je serre plus fort, je vais probablement me casser une dent.

Dante penche la tête sur le côté.

— Le garçon. Tu veux dire Ashton ? demande Dante avant de plisser les yeux. Qu'est-ce qui te fait croire qu'il se passe quelque chose, Moreno ?

Dante est un expert pour cerner les gens, sans compter qu'il peut me lire mieux que quiconque sous son commandement.

Comment il n'a pas vu le stress et l'inquiétude sur mon visage, j'imagine que j'ai appris à cacher certains de mes signes révélateurs.

— J'ai vu Ashton et ma fille se faufiler ensemble

dans le dressing du couloir quand il est venu pour Noël.

Les yeux de Dante se plissent et il se penche en arrière dans son fauteuil tout en joignant ses mains sur son bureau. Il incline la tête en arrière et semble réfléchir à mon accusation.

— Et tu penses qu'il se passe quelque chose de louche sous mon toit ? interroge Dante.

— Je pense qu'il baise ma petite fille, dis-je sans détour au chef de la mafia.

Dante ne bronche même pas.

— Nova a dix-huit ans. Elle est à l'université et vit avec ce garçon qui t'inquiète.

La chaleur me monte à la peau tandis que je défais le bouton supérieur de mon col de chemise. J'étouffe rien qu'en pensant à ses pattes sur ma fille.

— Je sais, dis-je d'une voix étranglée.

Je me pince l'arête du nez puis je lance un regard noir à Dante.

— Je t'en veux d'avoir introduit ce type dans notre maison, de l'avoir laissé travailler pour la famille.

Dante soupire.

Il ne dit pas un mot, pas tout de suite.

Il regarde ses mains jointes puis me regarde.

— J'ai peut-être une idée.

— Tu as peut-être une idée ?

Remettre en question le chef de la mafia n'est généralement pas sage, mais je ne peux pas m'en empêcher.

Peut-être ne me satisfait pas. Je suis rempli d'une rage sans bornes. Si c'était à moi de décider, j'aurais fait tuer l'homme qui couche avec ma fille ou, à tout le moins, l'aurais fait torturer et castrer.

Mais il travaille pour Dante.

Tout comme moi.

Même si je travaille pour lui depuis plus longtemps, ça ne rend pas la situation moins compliquée.

— Tu me fais confiance ? me demande Dante en me fixant d'un regard inébranlable.

— Implicitement.

Je ne ferais pas ce travail si je ne faisais pas confiance à mon patron. C'est aussi mon meilleur ami, mais parfois ses choix sont biaisés, comme quand il a baisé Nikki dans un bar ce soir-là et l'a mise enceinte.

Bien sûr, il savait qui elle était – la fille de son ennemi – et il l'a quand même poursuivie.

Il n'a pas tenu compte de mes conseils quand je lui ai dit de ne pas s'en mêler.

— Bien, parce que j'ai une idée, mais il va falloir que tu me laisses m'en occuper.

Je n'aime pas être tenu dans l'ignorance mais j'accepte quand même.

— Je te fais confiance, dis-je.

C'est la vérité, mais je ne fais pas confiance à ce serpent d'Ashton qui veut voler la virginité de ma petite fille.

DOUZE

NOVA

— Je peux entrer ? demande Ashton alors qu'il frappe à la porte ouverte de ma chambre et me distrait de ma lecture.

J'ai laissé ma porte ouverte parce que Zeke ne cesse de courir dans le couloir, de frapper, d'entrer dans ma chambre pour des câlins, puis de repartir en courant.

C'est sa propre version du jeu de cache-cache ou d'un autre jeu pour tout-petits que je n'ai pas encore tout à fait compris.

C'est un enfant adorable, mais il me fait réaliser à quel point Luca s'est engagé avec Harper.

Ils semblent heureux, du moins en apparence,

mais tout le monde dans la maison connaît la vérité. Ils n'ont pas besoin de se cacher de nous.

— Nova ? dit Ashton quand je ne lui réponds pas.

Comme si j'avais vraiment le choix ? Je le connais, il ne partira pas avant de m'avoir agacée avec ce qu'il a à dire.

— Oui, entre, dis-je en lui faisant signe d'entrer avant de me redresser et de glisser un marque-page dans mon roman pour le fermer.

Il ferme la porte derrière lui et je lève un sourcil curieux.

Je suis encore agacée par son refus de m'aider pour déballer mes affaires cet après-midi, mais il a fini par participer et maintenant toutes les boîtes sont déballées et tout est rangé.

— Ta chambre est sympa, dit-il en regardant autour de lui et en prenant tout en compte.

— Ne t'attends pas à un merci, dis-je en le fusillant du regard.

J'ai accroché des guirlandes lumineuses blanches le long du mur et un tableau en liège orné de quelques photos de mes amis.

Il me reste encore des choses à faire pour décorer ma chambre, mais je suis trop fatiguée ce soir pour finir.

Je le regarde fixement, me demandant pourquoi il est là. Ce n'est certainement pas pour applaudir mes efforts de déballage et de rangement.

Il s'approche des photographies sur mon mur et les examine.

— Il te manque une photo.

— Ah bon ?

Il ne connaît pas mes amis ni les photos que j'ai apportées de chez moi. Il n'a même jamais mis les pieds dans ma chambre d'enfance.

— Il te faut une photo de ton petit ami, dit Ashton.

Mes lèvres s'entrouvrent et je hausse un sourcil. Nous n'avons pas vraiment mis d'étiquette sur ce qui se passe entre nous.

Difficile de lui coller une étiquette de « petit ami » quand nous n'avons rien fait ensemble en dehors de la maison.

— Ce serait difficile puisque mon frère ne sait rien de toi. Et nous ne sommes même pas encore sortis ensemble. Le statut de petit ami ne vient pas uniquement des activités de chambre.

— Alors sortons ensemble, dit Ashton. Mercredi soir, toi, moi, on va dîner.

— Et Luca ?

Ashton fronce les sourcils.

— Tu veux inviter ton frère à notre rencard ? C'est un peu tordu.

Je pouffe de rire.

Il a un sacré sens de l'humour.

— Non. Comment est-ce que tu vas gérer le fait qu'il découvre notre relation ?

C'est pour ça que je n'avais pas laissé mes pensées s'attarder sur l'idée de sortir ensemble, parce que cette histoire amusante entre nous, comment peut-elle durer dans le secret ?

Luca ne sera pas ravi quand il découvrira que nous couchons ensemble. Il a clairement fait savoir à tous ses coéquipiers que j'étais hors-limites.

Ce n'est pas parce que je suis inscrite à Evergreen que sa position de grand frère surprotecteur et envahissant va changer.

Ashton réduit la distance entre nous et s'approche de mon lit où je suis assise.

— On verra ça le moment venu.

— Toute l'équipe est au courant, Ashton.

Il passe une main dans ses cheveux.

— Ils ne lui ont rien dit, et il est assez distrait avec le mariage le mois prochain. Il faut juste qu'on se donne un peu plus de temps.

Je ne le contredis pas parce que je sais que Luca ne prendra pas bien la nouvelle. Je ne veux vraiment pas subir sa colère quand il découvrira tout.

D'ailleurs, la dernière chose que je souhaite, c'est gâcher quelque chose qui vient à peine de commencer. Je veux voir où cette relation entre Ashton et moi nous mènera. Surtout s'il prévoit de m'emmener dîner.

Et puis, il y a une chance que ça ne mène à rien.

Pourquoi risquer de mettre Luca au courant pour quelque chose qui pourrait n'être absolument rien ?

Je fantasme depuis longtemps sur ce que serait un rendez-vous avec Ashton Rinaldi, mais ça n'avait jamais dépassé ce stade – un fantasme.

Jusqu'à maintenant.

— Mercredi, c'est un rendez-vous, dis-je en tapotant le matelas à côté de moi.

Il n'y a pas beaucoup de place, mais il peut venir s'installer avec moi et me tenir compagnie un moment.

Ce n'est pas comme si j'allais m'endormir de sitôt.

Je suis trop stimulée et pas le moins du monde capable de fermer les yeux et de m'endormir.

Et avec Ashton près de moi, j'ai encore plus de mal à me détendre.

Ses lèvres s'étirent en un sourire espiègle.

— Super. J'ai hâte.

Il se laisse tomber sur le lit une place avec moi et s'étire.

— Ton lit est vraiment confortable.

— Je sais, dis-je d'un ton malicieux. J'ai choisi le meilleur matelas pour te tenter de dormir ici avec moi.

— Vraiment ? s'étonne Ashton, les yeux écarquillés.

Je ris en secouant la tête et en essayant de cacher le sourire qui s'élargit sur mon visage.

— Non, dis-je.

Il est beaucoup trop crédule.

C'est mignon.

Il pose une main sur ma cuisse et la serre fermement.

Mon souffle se bloque dans ma gorge, et j'essaie de faire comme si son contact ne me transformait pas en flaque de guimauve.

— Tu es prêt pour les cours lundi ?

Je tente de le distraire, et peut-être moi-même en même temps.

Il rit.

— Absolument pas. Je ne vis que pour le hockey et nos jours de repos. Qu'est-ce que tu suis ce semestre ?

— Toutes les matières générales. Des trucs ennuyeux.

Je descends du lit et son contact sur ma cuisse me manque déjà. Je saisis mon sac à dos, en sors mon emploi du temps et le lui tends pour qu'il l'examine.

Il l'étudie attentivement.

— On a le même cours de psychologie.

— Super, ils pourront nous dire quel cas psychiatrique tu es.

Ashton esquisse un sourire.

— Il faut être fou pour reconnaître un fou.

Il me rend mon emploi du temps, et je le plie avant de le remettre dans une poche latérale de mon sac à dos, puis je remonte sur le lit.

— Pousse-toi.

Je le pousse avec espièglerie.

— Tu prends toute la place.

Son sourire malicieux s'élargit tandis qu'il se met sur le dos et pose sa tête sur mon oreiller, s'étirant pour occuper tout le matelas.

— Viens me rejoindre.

Je grogne d'un air joueur avant de me jeter sur lui. Je m'installe à califourchon sur ses hanches, mes mains fermement appuyées contre son torse.

— Je devrais te punir pour ton comportement cet après-midi.

Il me sourit d'un air satisfait.

— J'aimerais bien voir ça ; montre-moi ce que tu me ferais.

Je me penche, mon souffle taquine ses lèvres tandis que je frotte mes hanches contre les siennes. Il saisit mes hanches et sa tête bascule en arrière, les yeux fermés.

— Si c'est ça ta punition, je suis un masochiste, murmure Ashton d'une voix rauque.

Sa voix est chargée de désir, et ça fait frissonner tout mon être.

En balançant mes hanches contre ses mouvements, mon propre corps s'embrase davantage, et je me penche pour laisser mes seins effleurer son torse tandis que je couvre ses lèvres des miennes, ayant besoin de le goûter tellement je le désire ardemment.

Les mains d'Ashton restent fermement posées sur mes hanches pendant qu'il se cambre contre moi alors que je me balance sur lui. Il redresse son corps et ses lèvres trouvent ce point sensible dans mon cou où il commence à sucer et embrasser, faisant fondre tout mon être.

— Putain, Ashton, dis-je dans un murmure en réalisant à quelle vitesse je perds le contrôle.

— C'est une permission ?

Il me sourit et nous fait basculer pour prendre les commandes.

— Oui...

Je réponds d'une voix rauque, sentant mon corps répondre à son toucher tandis qu'il me débarrasse rapidement de mon jean, qu'il fait glisser le long de mes hanches avant de le jeter au sol.

Sa bouche est sur mes cuisses, et la pièce est soudain étouffante. Je porte mes mains à mes hanches, soulève mon t-shirt et le lance à travers la pièce.

— Tu n'as même pas attendu que je le fasse, lance Ashton, tout sourire. J'aime quand tu prends les devants, mais c'est à mon tour d'être aux commandes.

Mon corps frémit à ses paroles, et sa bouche trace un chemin brûlant de baisers le long de mon cou tandis qu'il dégrafe mon soutien-gorge et l'enlève avant de s'emparer de mon sein.

Sa bouche et sa langue tournent autour de mon mamelon tandis que ses doigts explorent habilement mon corps.

Je me cambre vers lui, son toucher transforme

mon corps en lave en fusion. Mes doigts trouvent la ceinture de son pantalon de survêtement, mon toucher léger comme une plume tandis que je guide ma main vers son membre et que je le touche, guidée par le désir.

— Nova, grogne-t-il en posant une main sur mon bras. Je ne suis pas venu ici pour te baiser.

— Mais tu es là maintenant, et je suis nue, dis-je.

— Pas complètement nue. Laisse-moi t'aider avec ça.

Il glisse ses doigts dans ma culotte et la fait descendre le long de mes hanches d'un mouvement fluide.

— Voilà qui est mieux.

Son souffle caresse ma peau et trace un chemin brûlant de baisers qui remontent le long de mes cuisses tandis qu'il caresse mes jambes et s'approche de plus en plus de sa destination.

— Tu as trop de vêtements, dis-je en essayant de me redresser pour atteindre son pantalon, voulant qu'il soit nu avec moi. Je veux te sentir tout entier.

Ashton s'éloigne de moi et je gémis, mais ce n'est que pour un bref instant pendant qu'il se débarrasse de ses vêtements et revient au-dessus de moi.

— Où est-ce que tu veux me sentir *tout entier* ? Ici ? demande-t-il.

Ses doigts taquinent les lèvres de mon sexe, puis il glisse sa paume sur mes fesses.

— Ou là ?

Mes yeux s'écarquillent et j'inspire brusquement.

— Certainement pas mes fesses. Tu n'y as pas accès.

Je repousse sa main.

Ashton sourit et rit doucement.

— Tu es sûre ? Je te promets que ça peut être incroyablement bon, murmure-t-il à mon oreille, et je frissonne.

Il est impossible qu'il ne se rende pas compte de l'effet qu'il me fait. Mon corps lui appartient entièrement.

— Si tu touches mes fesses, je te couperai la respiration, Ashton.

— Compris. Je respecte tes limites, dit-il.

Sa bouche revient sur la mienne.

Je me détends sous ses caresses, sous ce baiser, mon corps fondant contre le sien et se relâchant.

Je lui fais confiance.

Ses mains effleurent ma hanche et descendent entre mes cuisses, écartant mes jambes pour lui.

Ses lèvres se déplacent entre mes cuisses, et je couvre ma bouche de ma main pour faire attention à ne pas crier et essayer de contenir mes gémissements.

La porte de la chambre s'ouvre brusquement sans avertissement.

— Nova, tu as un—

Les yeux de Harper s'écarquillent quand elle voit Ashton en train de me baiser avec sa langue, et j'entends la porte claquer brutalement derrière elle.

— Merde !

TREIZE

ASHTON

Je me relève, j'attrape mes vêtements et j'enfile mon pantalon de survêtement.

— Je suis désolé. Je dois lui parler, l'empêcher de tout dire à Luca.

Je sors précipitamment de la chambre, poursuivant Harper avant qu'elle ne puisse révéler à Luca ce dont elle vient d'être témoin.

Je réussis à la rattraper dans le couloir. Ses yeux sont grands ouverts, elle est appuyée contre le mur, stupéfaite. Elle est probablement encore en train d'assimiler ce qu'elle a vu entre nous.

Harper lève les yeux, m'aperçoit et ouvre la bouche. Avant qu'elle n'ait le temps de me faire des reproches, je l'attrape et la ramène vers la chambre de Nova.

— Qu'est-ce que tu...

Ses mots restent en suspens.

Harper serre les dents et me lance un regard furieux alors que j'ouvre la porte de la chambre, et elle cède en retournant dans la chambre de Nova.

— Très bien, grommelle-t-elle.

Nova est enfouie sous les draps. Ses vêtements sont encore éparpillés sur le sol.

Pourquoi ne s'est-elle pas habillée ? Au moins, elle s'est couverte.

Je ferme la porte derrière Harper, et je la verrouille pour m'assurer que personne d'autre ne fasse irruption.

— Il faut qu'on parle, dis-je, mon regard fixé sur Harper.

Elle semble perplexe face à ce qu'elle a vu. Nous ne pouvons même pas prétendre que ce n'était pas exactement ce que ça semblait être.

Il n'y a aucune explication pour justifier la nudité de Nova et ma langue en train de lui faire des choses folles.

Lui dire que nous sommes tous les deux en cours de biologie ensemble serait non seulement un mensonge mais une absurdité totale.

Elle n'est pas assez bête pour croire que nous étions en train d'*étudier*.

— Depuis combien de temps ? demande-t-elle.

Je me penche et lance à Nova ses vêtements qui sont par terre.

Elle les enfile sous les draps.

Le fait que ce ne soit pas la première fois ne devrait pas faire de différence. Nous pourrions mentir et lui dire que nous nous sommes laissés emporter par le moment, mais le fait est qu'elle ne doit pas en dire un mot.

— Est-ce que ça importe ? Tu ne peux pas le dire à Luca, dis-je en fixant Harper et en la suppliant silencieusement de ne pas nous trahir.

— Tu ne peux pas me demander de lui cacher ce genre de chose.

Je m'approche et me dresse au-dessus d'elle.

— Ce n'est pas à toi de révéler ce secret.

C'est une menace, légère. Je n'ai pas l'intention de la tuer, mais je ferai tout ce qui est nécessaire pour empêcher Luca de découvrir la vérité.

Elle expire doucement et regarde alternativement Nova et moi.

— Vous devez le lui dire, affirme Harper. Il finira par le découvrir, tôt ou tard.

— Donne-nous juste du temps. Ok ? demande

Nova. On va lui dire. J'ai juste... j'ai besoin de plus de temps.

La mâchoire de Harper est crispée, et elle pince les lèvres.

— Je ne dirai rien ce soir, mais vous ne pouvez pas me demander de lui cacher ça pour toujours.

— Ce ne sera pas pour toujours, dis-je en posant une main sur son bras. Nous avons juste besoin de plus de temps.

Harper reste silencieuse un instant, elle semble réfléchir à ses options.

— Tu me dois une faveur, dit-elle.

Je déteste savoir que je dois des faveurs à qui que ce soit, mais j'acquiesce quand même.

— Marché conclu.

QUATORZE

ASHTON

Harper garde notre secret. Elle semble m'éviter durant les semaines suivantes, et Nova et moi sommes particulièrement prudents à la maison pour ne pas paraître trop affectueux l'un envers l'autre.

Nous continuons à regarder la télévision ensemble dans le salon, et notre flirt est beaucoup plus modéré qu'il ne l'est dans la chambre lorsque la porte est fermée.

Nous sommes sortis ensemble à quelques reprises, mais entre l'entraînement et les études, nous n'avons pas eu beaucoup de temps libre. Sans compter que mes week-ends sont réservés à la maison de ses parents, où l'ambiance semble un peu plus tendue que d'habitude.

Moreno me lance des regards noirs à chaque occasion, et Dante semble mécontent de quelque chose que j'ai fait récemment. Je ne suis pas sûr de ce que j'ai fait pour les mettre tous les deux en colère.

J'aide Luca au stand de tir, on perfectionne sa technique et on travaille sur sa visée, ce qui a pris beaucoup plus de temps que je ne l'avais d'abord anticipé.

— Ashton, je peux te parler un instant ? demande Dante.

Luca jette un regard curieux à son père mais n'intervient pas et ne l'arrête pas.

— Bien sûr, monsieur, dis-je en suivant Dante à travers le dédale de couloirs jusqu'à son bureau.

Il m'a demandé de garder un œil sur Harper et de m'assurer qu'elle garde le secret de la famille.

— Entre. Assieds-toi, dit-il en me montrant le fauteuil vide en face de son bureau.

Je m'assieds, incertain de ce que je fais ici.

— Tout va bien, monsieur ?

— Oui et non, répond Dante.

Il ferme la porte, s'assurant que nous ne sommes que tous les deux, seuls.

— Harper n'a parlé à personne de la famille ou

des affaires, dis-je pour montrer clairement que j'ai fait mon travail comme convenu.

C'est pour ça que je continue à déjeuner avec Harper et Kensley. Ce n'est pas parce que j'apprécie Kensley, même si, pendant un moment, j'ai cru qu'elle développait des sentiments pour moi. Mais je suis presque certain qu'elle donne récemment des vibrations purement amicales.

— Bien. Je savais que tu t'assurerais que notre secret reste en sécurité, dit Dante. Mais ce n'est pas pour cela que je t'ai demandé de venir dans mon bureau.

Je n'ai pas la moindre idée de ce qui pourrait préoccuper Dante si ce n'est pas Harper. Elle semble être la principale source de drame dans la famille Ricci ces derniers temps.

— C'est à propos de mon père ?

Dante et Aurelio parlent assez régulièrement, à ce qu'on m'a dit.

Dante a partagé des récits de mon implication dans les affaires de la famille Ricci, tenant apparemment mon père informé de mes forces et de mes faiblesses.

Mon père m'a passé un savon la semaine dernière.

— Cela n'a rien à voir avec Aurelio, ton père, dit Dante. C'est en fait un sujet beaucoup plus délicat.

Dante vient se percher au bord du bureau pour s'asseoir devant moi, et il me fixe du regard.

— Ce que je vais te dire, Ashton, exige une discrétion absolue.

— Bien sûr, dis-je en me redressant. Vous avez ma loyauté, monsieur.

Même si je servirai l'entreprise de mon père après l'obtention de mon diplôme, pour l'instant je suis en formation, et mon allégeance va à Dante Ricci.

Si nos pères n'avaient pas été alliés, ce serait une situation assez précaire.

— Bien, je suis content de l'entendre, mon garçon, dit-il. Parce que j'ai un travail pour toi. Un dont j'ai déjà parlé avec ton père.

— Oh ? Quel genre de mission ?

Je en me penche en avant, soudain enthousiaste à l'idée de recevoir une mission.

Vais-je recevoir ma première mission pour aider à éliminer un ennemi de Dante ?

Va-t-il me demander d'exécuter quelqu'un pour lui ?

Peut-être qu'il a besoin que je travaille sous couverture pour espionner son ennemi. Ce ne serait pas la première fois qu'il me demande de surveiller quelqu'un pour lui, mais au moins Harper était une mission facile. Me rapprocher d'elle n'a pas été trop problématique.

— Il s'agit de quelque chose d'un peu plus personnel, un peu moins sombre, dit Dante. Et la rémunération... ce sera une mission continue qui comprendra un paiement initial conséquent ainsi qu'une allocation mensuelle décente.

Ça semble presque trop beau pour être vrai, mais je lui fais confiance.

— Quoi que ce soit, je le ferai.

— Je suis content que tu dises ça, parce que j'ai besoin que tu épouses Harper McKenna, dit Dante.

L'air s'échappe de mes poumons et je n'arrive plus à respirer.

Il veut que j'épouse Harper ?

Il ne peut pas être sérieux, mais à voir son expression, il ne sourit pas et ne plaisante certainement pas. Il n'y a aucun rire qui s'échappe de lui, aucune trace d'humour.

Et j'ai déjà accepté avant même d'entendre sa demande.

Je n'ai jamais trahi un supérieur, mais il ne peut pas honnêtement croire que Harper acceptera cet arrangement.

Harper et Luca couchent ensemble.

Il y a clairement une étincelle entre eux. Elle existe depuis la première fois que je les ai vus ensemble. Ils sont soit brûlants, soit glacials, et en ce moment, la température semble monter entre ces deux-là.

C'est impossible de ne pas les entendre à travers les murs fins, surtout quand je suis dans le salon sur le canapé à regarder un film.

Luca me tuera si j'interviens dans leur relation.

Bien sûr, que Dante me tue n'est pas une bien meilleure solution.

Ma vie se termine toujours par la mort.

Je préfère encore affronter Luca plutôt que son père et toute la famille Ricci. Je demande, la gorge sèche :

— Et si elle refuse ?

Je ne veux pas épouser Harper.

Oui, elle me plaisait bien quand nous nous sommes rencontrés, mais ces désirs se sont éteints dès que j'ai réalisé que Luca l'appréciait vraiment.

Et maintenant il y a Nova, la seule fille qui me coupe le souffle d'un simple regard. La seule fille que je veux apprendre à connaître dans les moindres détails, jour après jour.

C'est déjà assez difficile de garder cette relation

secrète, mais le simple fait d'envisager d'épouser Harper me met les nerfs à vif.

— Harper ne dira pas non, parce que tu ne lui en laisseras pas l'occasion. Tu es intelligent, mon garçon, tu lui feras comprendre qu'en t'épousant, elle va sauver sa vie et celle de son petit garçon.

Travailler pour la mafia est dangereux. Je n'ai jamais été aveugle à cela, mais savoir que je suis sur le point d'imposer l'idée d'un mariage à une fille qui ne s'intéresse pas à moi, alors que j'ai des sentiments pour une autre, ça me rend physiquement malade.

Dante tend la main vers son couteau sur le bureau et ses doigts effleurent la lame.

C'est un avertissement silencieux.

Obéir ou mourir.

Il a déjà menacé la vie de Harper une fois, et celle de Luca. Il ne lui faudrait pas grand-chose pour ordonner ma mort.

Je ne suis rien pour lui, juste un autre soldat.

Mais ce qui m'inquiète le plus, c'est qu'il pourrait faire du mal à Zeke.

— Tu n'as pas de problème à suivre un ordre, n'est-ce pas ? demande Dante.

QUINZE

HARPER

Janvier et février sont remplis de neige et de froid. J'ai trouvé une routine avec Zeke, je l'amène à la garderie sur le campus chaque jour pendant que je suis en cours.

Luca et moi n'avons pas de cours en commun ce semestre, ce qui est dommage, mais je ne stresse plus pour le prochain cours d'économie, ce qui est un soulagement.

J'ai réussi à passer mon examen final du semestre dernier, tout cela grâce à l'aide de Luca qui m'a fait réviser en continu. J'ai aussi maintenu ma moyenne pour conserver ma bourse, ce qui est au moins une chose dont je n'ai pas à m'inquiéter.

Rentrer dans ma robe de mariée, en revanche, est une nouvelle angoisse que j'ai découverte.

Il a fallu trois séances de retouches avec la couturière pour que tout soit parfait.

Sa mère n'a pas assisté au dernier essayage, et pour être honnête, j'étais soulagée car cela signifiait que je n'avais pas à feindre un sourire à propos de toute cette histoire.

Ce n'est pas comme si elle ne connaissait pas la vérité.

Mais j'essaie de paraître joyeuse et enthousiaste, je ne veux pas l'inquiéter à l'idée que je puisse me défiler au tout dernier moment.

Planifier un mariage est censé être la partie la plus joyeuse, mais je n'ai rien fait pour planifier ce mariage. J'ai été une simple spectatrice.

J'ai pu choisir ma robe de mariée ; c'est le seul aspect dans lequel j'ai été impliquée.

Et je suppose que j'ai pu choisir la date, en février.

Ces choix ne semblent même pas vraiment être les miens.

Luca a été distant, occupé avec son père les week-ends, à l'entraînement et à la salle de sport pendant la semaine, sans parler de ses matchs de hockey.

Il n'a pas essayé d'être distant, du moins je ne

crois pas, c'est juste que nous essayons de faire coïncider nos vies ensemble et avec Zeke. Je ne peux m'empêcher de me demander s'il ne m'a toujours pas pardonné de lui avoir menti.

Il y a un coup distinct à la porte de la chambre.

— Entre, dis-je en essayant d'ajuster ma robe de mariée.

Zeke est encore à la garderie pour une heure avant que je doive passer le chercher.

Luca est en cours. Je ne sais pas qui est à la maison en ce moment.

J'essaie ma robe et je regarde mon reflet dans le miroir en pied.

— Wow.

La voix d'Ashton me prend au dépourvu et je me retourne dans ma robe en la tenant, mais elle ne risque pas de tomber. C'est une fermeture éclair dans le dos, ce qui la rend plus facile à porter qu'un lacet à serrer. Même si j'adorais le design du corsage, j'avais l'impression de suffoquer.

Encore une retouche.

Désormais elle donne l'illusion d'un corsage dans le dos, mais il y a une fermeture éclair cachée pour rendre la robe plus confortable.

D'une manière ou d'une autre, la robe est prête pour le mariage ce samedi.

J'espérais secrètement que si elle n'avait pas été prête, alors peut-être que le mariage aurait été reporté.

Je sens son regard parcourir la robe et je demande :

— C'est trop ?

Il secoue la tête. Un sourire ironique fend ses traits.

— Pas du tout.

Je rassemble le bas de la robe pour empêcher la traîne d'être piétinée.

— Qu'est-ce qui se passe ?

Je me demande toujours pourquoi il frappe à ma porte en plein après-midi, au lieu d'être à la salle de sport avec Luca.

— Je voulais te parler. J'ai une proposition, dit Ashton.

Je pince les lèvres, je n'aime déjà pas la tournure que prend cette conversation.

Mon déplaisir doit être évident car il s'efforce de sourire.

— Détends-toi.

Ashton lève les mains en signe de reddition.

— J'essaie juste de t'aider.

Je ne fais pas confiance à sa version de l'*aide*.

— M'aider ?

Je hausse un sourcil sceptique.

— Je ne pense pas que tu sois du genre à aider qui que ce soit, Ashton.

Il était là la nuit où j'ai rencontré le petit garçon.

Je ne l'ai pas vu essayer d'aider qui que ce soit d'autre que lui-même.

— Je ne pense pas que tu devrais épouser Luca. Tu devrais m'épouser moi à la place.

Je manque de mourir de rire.

Ashton ne peut pas être sérieux.

Les larmes me montent aux yeux tandis que le fou rire s'échappe, jusqu'à ce que je réalise qu'il ne rit pas et ne plaisante pas.

— Tu es fou. Le père de Luca a insisté pour que j'épouse son fils et qu'il le rejoigne dans la mafia, en échange de quoi, je serais protégée.

Je fais un geste hasardeux dans l'air comme si cela expliquait les derniers mois de chaos.

— Son père a pris d'autres dispositions. Il veut que nous nous mariions.

— Je ne te crois pas, dis-je en reculant d'un pas. Et tu sors avec Nova !

Je secoue la tête, me sentant trahie pour nous tous – Luca, Nova et moi-même.

Le ton d'Ashton n'est pas moins calme ni empreint du moindre remords.

— Ce n'était pas mon idée.

Je peux voir la tempête dans ses yeux, les émotions contradictoires qui tourbillonnent sur son visage, ses épaules affaissées, pleines de défaite.

Il ne me convainc pas, et il n'est certainement pas amoureux de moi. Je rétorque sèchement :

— Voilà une merveilleuse raison pour que nous nous mariions tous les deux, parce que ce n'était pas ton idée.

Je saisis la fermeture éclair de ma robe, que j'ai soudain besoin d'arracher. L'idée d'épouser qui que ce soit en ce moment me fait bouillir le sang et j'ai du mal à respirer.

— Tourne-toi !

Je lui crie dessus tout en desserrant le tissu, jusqu'à ce que je trouve la fermeture éclair et que je laisse la robe glisser jusqu'au sol.

Ashton obéit et se tourne vers la porte, dos à moi.

Je sors de la robe de mariée, je saisis un peignoir et l'enfile rapidement, ne voulant pas être déshabillée en sa présence.

— Nous n'allons pas nous marier. Je ne sais même pas ce qui te prend, dis-je.

Il continue à faire face à la porte, me donnant plus qu'assez d'intimité et ne réalisant pas que j'ai fini de m'habiller.

— Crois-moi, ce n'était pas mon idée. Je suis amoureux de Nova.

— Alors pourquoi est-ce que tu suggères qu'on se marie ?

Je ne peux m'empêcher de lui crier dessus. Heureusement, personne d'autre n'est là, sinon tout le monde m'aurait entendue.

Il risque un coup d'œil par-dessus son épaule et quand il réalise que je suis habillée, il se tourne pour me faire face.

— Dante a exigé que je t'épouse à la place de Luca. Il te veut, toi, l'élément instable, sous contrôle et il ne veut pas que tu détruises la vie de son fils.

— Wow, dis-je, ne sachant pas si ce sont les mots d'Ashton ou ceux de Dante.

La planification du mariage dure depuis des mois.

Pourquoi maintenant ?

Pourquoi ce changement soudain ?

Est-ce que Luca est au courant ?

— Bordel, Ashton, qu'est-ce qui s'est passé ?

Je m'approche, prête à lui arracher la réponse si je n'ai pas d'autre choix.

— Le père de Nova a découvert ma relation avec sa fille, dit Ashton. Je pense que c'est sa façon de me tenir éloigné d'elle.

C'est une punition.

Pour nous tous.

Je penche la tête en arrière et je fixe le plafond tout en passant mes mains avec frustration dans mes cheveux.

— Je ne vais pas t'épouser !

— Très bien, mais Dante ne sera pas content quand tu marcheras vers l'autel et que ce sera son fils qui t'attendra.

— Eh bien, qu'il aille se faire foutre ! Je suis…

Je ferme la bouche avant de dire quoi que ce soit d'incriminant.

— Tu es quoi ? demande Ashton en secouant la tête et en attendant que j'élabore.

— J'en ai marre qu'on me dise quoi faire.

Je grogne en montrant la porte du doigt.

— Sors de ma chambre !

Ashton marche jusqu'à la porte, l'ouvre brusquement et me regarde par-dessus son épaule.

— Dante ne va pas être content.

— Comme ça on sera deux !

———

Je me couche tôt, quand Zeke est déjà profondément endormi. Le lit chaud m'appelle et j'accepte volontiers. S'il avait été un plus tôt, j'aurais fait une sieste, mais il est à peine plus de neuf heures et je n'arrive plus à garder les yeux ouverts.

Je commence à peine à m'endormir quand j'entends la porte de la chambre grincer, et je lève les yeux, soulagée de voir que c'est Luca et non Zeke qui s'échappe de son lit.

Son passage d'un berceau à un lit de grand garçon a été infernal. Il ne cesse de s'échapper de sa chambre après que je l'y ai couché et il refuse d'aller dormir jusqu'à ce qu'il m'épuise.

— Désolé, je ne voulais pas te réveiller, dit Luca alors qu'il trébuche dans l'obscurité.

Il fouille maladroitement dans la commode avant d'abandonner.

— C'est bon, ce n'est rien.

Je le regarde se déshabiller et mettre ses vêtements en tas sur le sol, enlevant tout avant de grimper dans le lit avec moi.

C'est une agréable surprise.

— Viens là, murmure-t-il en m'attirant contre lui alors que ses bras s'enroulent autour de ma taille pour me tenir près de lui.

— Tu es nu, dis-je en énonçant l'évidence tandis que je laisse ma main glisser sur sa peau.

J'effleure sa hanche puis je laisse lentement ma main errer le long de son ventre.

— Je n'ai pas trouvé mon caleçon, dit Luca. Tu as encore réorganisé les tiroirs ?

Je ris contre sa poitrine.

— Qu'est-ce qui est si drôle ?

— Je ne pense pas que tu aies fait la lessive depuis une semaine, peut-être deux. Tous tes vêtements sales sont dans le panier à linge dans le placard, y compris tes caleçons.

Luca jure puis m'embrasse sur le front.

— Lessive demain.

Je suis contente qu'il ne sorte pas du lit maintenant pour commencer une machine.

Mes doigts caressent sa peau et glissent de sa hanche à son dos en passant sur ses fesses.

— J'aime quand tu es au lit avec moi, nu.

Luca sourit et dépose un doux baiser sur mes lèvres.

— C'est ma réplique, bébé.

— Dommage qu'on ne puisse pas la partager.

Je l'attire contre moi et je roule sur le dos, voulant sentir son corps contre le mien.

— Oh, il y a beaucoup de choses qu'on peut partager.

Ses lèvres sont chaudes et invitantes, son corps

réchauffe mon être tout entier alors que je m'enfonce davantage dans le matelas sous sa pression.

Je le savoure, chaque baiser est une autre douce saveur de miel et d'amandes tandis que je mordille son cou.

— Tu sens vraiment bon, dis-je entre deux baisers en me blottissant contre son cou.

Luca recule.

— J'ai utilisé ton shampooing à l'entraînement. Tu ne fais que te sentir toi-même, bébé.

— Je ne crois pas.

Je secoue la tête.

— Ça sent définitivement meilleur sur toi.

Ses mains glissent le long de mes hanches et trouvent l'ourlet de mon débardeur, puis taquinent ma peau tandis que je me tortille sous ses attentions.

— Ça te plaît, murmure-t-il alors qu'il semble mémoriser chaque détail de mon corps.

— C'est toi qui me plaît, dis-je, et mes joues s'empourprent alors qu'il m'étudie comme si j'étais son prochain examen.

Il fait passer mon débardeur au-dessus de ma tête mais ne l'enlève pas complètement. Il entremêle mes mains et les attache avec le tissu en coton. Il garde une main fermement sur mes bras pour me maintenir clouée au lit.

— Ça me plaît *vraiment* de te prendre comme ça, me murmure Luca à l'oreille, et un frisson parcourt tout mon corps. Je savais que ça te plairait aussi.

Mes tétons durcissent contre lui, et ma chatte palpite du simple fait d'être complètement à sa merci.

— C'est vrai, dis-je doucement, lui faisant comprendre que je lui donne mon consentement.

Je le laisserais me faire presque tout, volontairement. Je lui fais tellement confiance.

— Gentille fille, me murmure Luca à l'oreille, et mon corps s'embrase.

Mes yeux se ferment momentanément tandis que je me laisse succomber à la tentation.

J'enroule mes jambes autour de lui et soulève mes hanches contre le matelas, j'ai besoin de contact, je veux me frotter contre lui pour un peu de plaisir avant le plat principal.

Mon cœur s'emballe et mon corps frémit.

— Ça me rend fou quand tu te donnes à moi complètement, dit Luca.

Sa bouche plane au-dessus de la mienne, et je me soulève, avide d'un autre baiser.

Je ne supporte plus ces taquineries. J'ai besoin de plus.

Il me fait me sentir si désespérée, comme si je ne pouvais jamais en avoir assez quand je suis avec lui.

Il me garde prisonnière contre le matelas, mes bras au-dessus de ma tête.

— Ne bouge pas tes mains, m'ordonne-t-il.

Je hoche la tête, obéissant à son ordre.

— Gentille fille, dit-il avec un sourire entendu avant de me retourner.

Mes bras sont toujours au-dessus de moi mais mon ventre est désormais contre le matelas.

Il fait glisser ma culotte le long de mes jambes.

Je me sens exposée.

Vulnérable.

Mais j'ai confiance en Luca.

— Mon Dieu, tu es si foutrement magnifique, murmure Luca.

Puis je sens sa langue sur ma colonne vertébrale, la chaleur de ses lèvres et de sa bouche alors qu'il parcourt mon dos et dépose des baisers sur ma chair.

Chaque endroit qu'il marque semble brûlant tandis que je tremble, mes mains serrées, attachées au-dessus.

— Ne lutte pas, murmure Luca. Je veux te voir jouir de toutes les façons possibles.

Je gémis ; son souffle et ses mots suffisent à transformer la chaleur qui m'habite en une pulsation sourde, avide de contact. Ma voix me trahit, rauque et brute, lorsque je demande :

— Tu vas me baiser ?

— Seulement si tu le demandes gentiment, dit Luca, et ses lèvres mordillent ma hanche.

Une main maintient les miennes au-dessus de ma tête, l'autre descend vers ma chatte alors que j'écarte les jambes, et mon Dieu, cet homme sait comment utiliser ses doigts.

— Putain, dis-je en écartant davantage mes jambes.

Je veux qu'il soulage cette douleur sourde.

Je jure que je peux entendre le sourire sur son visage.

— Tu es si parfaite pour moi, murmure Luca, et je gémis quand je sens le contact disparaître de mes mains. Ne bouge pas, ordonne-t-il.

Jetant un coup d'œil par-dessus mon épaule, je vois qu'il se repositionne sur le lit, puis il guide mes hanches vers le haut alors qu'il fixe mes fesses, ou peut-être est-ce mon sexe qu'il admire.

— Tu as assez regardé ?

Je le fusille du regard et il rit.

— Pas du tout. J'aime simplement chaque partie de toi, avoue Luca, et un long doigt glisse sur mon anus.

— Qu'est-ce que tu...

Il effleure la peau mais n'enfonce pas son doigt.

— Je veux te faire mienne ici.

Mon souffle se bloque dans ma gorge, nerveuse, mon estomac empli de papillons.

— Je n'ai jamais—

— Pas ce soir, me coupe-t-il.

Ses doigts encerclent mon anus tandis que je me tortille, incertaine s'il va franchir cette petite ouverture ou juste me taquiner jusqu'à l'infini, me rendant à la fois excitée et nerveuse.

— Quand nous serons mariés.

Il se déplace sur le matelas et guide sa tête entre mes jambes puis m'abaisse alors que sa langue jailli pour lécher mon sexe et goûter mes fluides tandis qu'il enfonce sa langue dans mon humidité.

Je sais que je dégouline déjà pour lui, l'évidence sur sa langue alors qu'il lape mon excitation de mes lèvres jusqu'à mon clitoris.

À chaque coup de langue, je deviens plus agitée. Je desserre les entraves de mon débardeur et libère mes mains pour entremêler mes doigts dans ses cheveux. J'ai besoin de le toucher, de le sentir, d'avoir un semblant de contrôle.

Mon sexe palpite, ayant besoin de plus que sa langue.

Je ne peux pas atteindre sa bite et je gémis de frustration.

— J'ai envie de te baiser.

Je me plains en laissant mes doigts caresser ses cheveux et descendre sur sa nuque.

Il relâche sa prise sur mes hanches et déplace sa bouche vers l'intérieur de ma cuisse, donnant un petit mordillement joueur qui me fait pousser un cri perçant et le repousser.

— Pas de morsure là-bas !

Je grogne, mais il ne m'a pas fait mal.

Il m'a surprise.

Luca sourit et me tire au-dessus de lui et mon corps s'écrase sur le sien.

— Je t'en prie, je ne te refuserais jamais aucun plaisir, jamais.

— Bien sûr, tu ne refuserais pas quand ça implique aussi ton plaisir.

Je souris puis je descends le long de son corps et mon pouce taquine le gland de sa verge tandis que j'observe ses yeux qui luttent pour rester ouverts.

Il me regarde intensément quand je me penche et que je fais glisser ma langue le long de sa hampe.

Ses doigts s'emmêlent dans mes cheveux pendant que je laisse ma langue tournoyer autour du gland avant d'envelopper sa longueur de mes lèvres pour le prendre dans ma bouche.

— Oui, exactement comme ça.

Sa voix est rauque et brute, remplie de désir.

Je jurerais l'entendre grogner.

— Continue comme ça, gronde-t-il alors que je sens la première goutte d'humidité perler au sommet.

Sa main caresse mes cheveux, les agrippant plus fermement tandis que je le prends plus profondément dans ma gorge.

— Tu le prends si bien.

Je le regarde, mes yeux brillants, alors qu'il lutte pour maintenir son regard sur moi.

Il est proche et me tire brusquement, haletant pour reprendre son souffle, sa respiration courte alors qu'il tente de se calmer.

Il tend la main vers la table de chevet, saisit un préservatif à l'intérieur, déchire l'emballage et l'enfile.

Les mains de Luca sont sur mes hanches tandis

que je guide son membre en moi, et bordel, c'est incroyablement bon.

Mes mains griffent sa poitrine et caressent sa peau tandis que je bouge mes hanches contre les siennes à chaque mouvement lent et prolongé.

— Tu es tellement incroyable, souffle Luca.

Ma tête bascule en arrière et mon corps s'arque tandis que je le chevauche en frottant mon clitoris contre lui, et je sens la première vague de plaisir alors que je tremble dans ses bras.

Luca soulève ses hanches pour égaler mon intensité alors que mon intérieur se resserre et se contracte autour de son sexe.

— Putain oui, jouis pour moi, Harper, scande-t-il, et je jure que mon corps est en feu, prêt à exploser.

Le gémissement gronde en moi, mes orteils se recroquevillent et ma chatte tremble et se contracte, prenant tout ce qu'il a à offrir alors que je m'abandonne à l'orgasme.

Luca bouge ses hanches avec les miennes, puis il se redresse pour me faire face et ses mouvements ne ralentissant pas tandis qu'il frotte et pousse ses hanches contre les miennes.

Putain.

Ce que je croyais être un orgasme décent est un

million de fois plus intense alors qu'il déchire chaque centimètre de mon corps, comme une étoile en train d'exploser dans la nuit la plus sombre.

Luca plonge son regard droit dans mon âme, et ses lèvres capturent les miennes, étouffant le cri de plaisir qui me déchire.

Son corps se tend contre moi, et je continue à onduler des hanches, bougeant plus vite et plus fort, sachant exactement ce qu'il désire.

Mes lèvres taquinent son oreille.

— Jouis pour moi, Luca, dis-je dans un murmure. Tu es tellement incroyable.

Il est proche, et le grognement qui émane du fond de sa gorge me dit qu'il y est presque.

La bouche de Luca couvre la mienne, il pousse sa langue à l'intérieur, au-delà de mes lèvres, et m'absorbe, me coupant le souffle alors que son corps se tend et frissonne en se répandant en moi.

Mon cœur bat furieusement contre ma poitrine et, finalement démêlée, je m'allonge sur le matelas pendant qu'il jette le préservatif dans la poubelle à proximité.

Luca s'effondre à côté de moi, à bout de souffle.

— Putain, tu vas me tuer.

Un sourire malicieux s'étale sur mon visage.

— C'est toi qui es venu au lit nu.

— Ça en valait tellement la peine, dit Luca.

Il me prend dans ses bras alors que je m'allonge, mon dos contre sa poitrine.

— Ton cœur va sortir de ta poitrine, dis-je tout bas en le sentant battre contre sa cage thoracique.

— C'est l'effet que tu me fais, murmure-t-il en embrassant mon épaule. Je suis l'homme le plus chanceux du monde.

— Pourquoi ça ?

Je le regarde par-dessus mon épaule en souriant. Mon corps bourdonne et s'enflamme de la chaleur entre nous.

Les doigts de Luca caressent ma taille, son toucher léger comme une plume.

— Parce que je vais t'épouser.

Peu de temps après, le souffle doux de Luca chatouille mon cou. Il ne bouge pas, sa prise sur moi se détend, mais son étreinte ne se relâche pas.

Je n'arrive pas à dormir.

Ce n'est pas faute d'essayer.

À contrecœur, je me dégage de son étreinte, en prenant soin de ne pas le réveiller.

Je ramasse mes vêtements par terre, mon débardeur et ma culotte. Puis je prends son jogging parce que je n'ai pas de bas de pyjama à proximité. Il ne s'en souciera pas, ou ne le remarquera peut-être même pas d'ailleurs. Je sors discrètement de la chambre, en faisant attention à ne pas le réveiller.

Je me dirige vers la cuisine pour me servir un verre d'eau. J'ai soif et je bois le verre entier d'un trait. Je prends la carafe dans le frigo pour remplir à nouveau mon verre quand j'entends des pas derrière moi.

Un rapide coup d'œil par-dessus mon épaule, et je vois que c'est Ashton.

Il porte un jogging et un t-shirt blanc qui moule son corps. Ses cheveux sont ébouriffés, comme s'il y avait passé ses doigts rudement, ou peut-être que c'est Nova qui l'a fait – mieux vaut ne pas demander.

— Tu n'arrives pas à dormir ?

Je suppose que c'est pour ça qu'il est réveillé et me rejoint dans la cuisine.

— Pas avec les bruits que tu faisais, dit Ashton, en me prenant par surprise.

Je prends une autre gorgée pour rafraîchir mes joues rosies.

— Merde. Tu as entendu ça ?

— Tout le quartier vous a entendus.

Ashton s'approche et envahit mon espace personnel.

— Tu dois vraiment essayer de convaincre Luca

que tu l'aimes avec une performance comme celle-
là, dit-il.

— Ce n'était pas une performance.

Ses yeux se plissent tandis qu'il m'étudie.

— Je ne te crois pas.

Je prends une autre gorgée d'eau.

— Je me fiche de ce que tu crois. Ça m'est égal.

Luca sait que ce que nous avons est réel. Je n'ai
pas besoin de le convaincre.

— Allez, Harper. Tu n'as pas à me mentir. Tu
étais *vraiment bruyante*.

Ashton fait un geste vers ma chambre.

— Une fille ne fait pas ces genres de sons à
moins qu'elle n'essaie vraiment fort de paraître
convaincante.

— Ton meilleur ami m'a fait voir des étoiles, dis-
je en regardant Ashton droit dans les yeux. Ça ne te
concerne absolument pas.

Ashton s'appuie contre le comptoir.

— Je dis simplement que l'offre tient toujours
pour le mariage. Il y a encore du temps pour
choisir—

— Tu me suggères sérieusement de t'épouser ?

Pourquoi revient-il à la charge avec cette idée
absurde ?

— Tu n'as pas à décider avant le jour du mariage, dit Ashton.

— Je ne vais pas t'épouser, Ashton. Je ne t'apprécie même pas.

— Aïe.

Il pose une main sur son cœur.

— J'essaie juste de sauver Luca, de l'aider.

Je recule d'un pas et je me cogne contre le réfrigérateur. Je ne vois pas en quoi son offre de m'épouser aide Luca.

— Comment ça ?

— Luca n'a jamais voulu d'enfants. Il t'a proposé le mariage uniquement pour te protéger de son père.

— Et ce que tu fais est si différent ?

Je fusille Ashton du regard.

— Tu as une petite amie !

Il lève la main, un doigt contre ses lèvres, pour m'avertir de rester discrète.

Ce n'est pas comme si j'avais révélé qui était sa petite amie, mais Nova ne serait pas contente si j'épousais son mec.

— C'est ta façon de rompre avec elle, Ashton ? Parce que c'est une façon vraiment merdique de terminer une relation.

Ashton s'approche.

— Baisse la voix, murmure-t-il. Et non. Je tiens vraiment à elle.

Je pensais être relativement discrète, mais je hoche la tête, acceptant de ne pas réveiller toute la maison. La dernière personne que je veux réveiller est Zeke. Il me faudra une éternité pour le recoucher, et il sera déjà debout aux aurores.

— Alors arrête de me draguer et va te coucher, dis-je sèchement, en pointant la direction de sa chambre.

— J'essaie de t'aider, mais visiblement, tu ne peux pas le voir. Luca t'aime bien, il ferait n'importe quoi pour toi, mais tu vas l'enchaîner à une famille alors qu'il n'est pas amoureux de toi ?

Je serre la mâchoire, les lèvres pincées tandis que je fusille Ashton du regard.

Il ne plaide pas vraiment sa cause.

Ce n'est pas comme si Ashton et moi étions amoureux.

— Dante a accepté que si je t'épouse, tu seras en sécurité. Il vous laissera tranquille, toi et Zeke.

— Et qu'en est-il de Luca ? Il sera toujours forcé de travailler pour son père ?

C'est le seul levier qu'il me reste, essayer de libérer Luca de l'emprise de son père, lui offrir la liberté.

— Dante ne va pas simplement libérer son fils des responsabilités familiales. Les chances que Luca soit recruté sont presque nulles. C'est quasiment impossible, vu ses statistiques. C'est un excellent joueur, mais il n'a pas le niveau professionnel. C'est pourquoi son père a accepté la clause d'exception pour la NHL. Il ne pense pas qu'il va intégrer une équipe professionnelle.

— Et toi ?

Je regarde Ashton bien en face.

— Tu penses qu'il va intégrer la NHL ?

Les épaules d'Ashton s'affaissent.

— Je pense que c'est un fantasme. Il peut certainement essayer de participer aux sélections, mais jouer en pro, c'est ce dont nous rêvons tous.

— Je ne t'épouserai pas.

Je finis ma dernière gorgée d'eau et place mon verre vide dans l'évier.

— Je pourrais convaincre Dante de payer l'éducation de ton fils et tout ce dont Zeke a besoin si tu acceptes de m'épouser.

— Tu ne peux pas m'acheter, Ashton. Je ne suis pas à vendre.

— Qu'est-ce qui se passe ici ?

La voix de Luca vibre dans la cuisine alors qu'il entre à grands pas, l'air à la fois sexy et endormi. Il porte au moins un survêtement, bien que ce ne soit pas celui d'aujourd'hui puisque je le lui ai volé.

Il l'a probablement pris dans le tas de vêtements sales.

Mon regard se pose sur son torse nu, et je n'arrive pas à détourner les yeux. Chaque muscle de son corps ondule férocement.

— Je vais juste me coucher, dit Ashton en tentant de passer devant Luca.

Luca attrape Ashton par le t-shirt et l'empêche de passer.

— C'était quoi cette histoire d'acheter ma copine ? gronde-t-il à son meilleur ami.

Je pose une main sur le bras de Luca pour essayer de le calmer.

— Ton père essaie simplement de s'immiscer dans notre mariage. Ne t'inquiète pas, dis-je avant de déposer un doux baiser sur ses lèvres.

Il lâche Ashton à contrecœur, mais ne le laisse pas quitter la cuisine, bloquant sa sortie.

Luca fusille Ashton du regard puis me fixe.

— Ça ne me rassure pas d'apprendre que Dante s'en mêle. Dis-moi ce qui se passe, exige Luca.

SEIZE

LUCA

Mon lit me semble vide ce matin, et je me réveille à l'aube, ce qui est beaucoup trop tôt. Je cherche mon téléphone ; pas encore de nouveaux messages de Harper.

Harper et moi avons convenu que la veille du mariage, nous passerions la journée séparément. Je resterais chez mes parents, et elle viendrait avec Kensley et Zeke le samedi matin.

Je lui ai proposé d'aller la chercher, mais elle a insisté pour que nous suivions la tradition selon laquelle le marié ne doit pas voir la mariée avant le mariage.

Je ne savais pas que Harper était superstitieuse.

On dirait qu'il me reste encore beaucoup de

choses à apprendre sur elle. Et bien que je fasse de mon mieux pour ne pas la tenir à distance, nous ne nous sommes pas vraiment vus ces derniers temps.

C'est de notre faute à tous les deux.

Harper a été occupée avec ses études et son fils, Zeke.

Zeke est un emploi à plein temps quand il s'agit des soirées et des week-ends. Quand j'ai enfin l'occasion de passer quelques minutes blotti sur le canapé avec Harper, Zeke est toujours là pour détourner son attention de moi.

Je n'aurais jamais cru devoir rivaliser avec un enfant de deux ans pour obtenir de l'attention.

Mais je comprends, Zeke est son fils. J'essaie de ne pas être jaloux, mais c'est parfois difficile quand elle passe plus de temps avec lui qu'avec moi.

Ce n'est pas entièrement sa faute. J'ai été occupé avec l'équipe de hockey, l'entreprise de mon père et mes études.

Je déteste le fait que nous n'ayons aucun cours ensemble ce semestre. Nos emplois du temps sont complètement désynchronisés, dans des directions opposées sur le campus. Je ne peux même pas l'accompagner à ses cours, non pas que je ne le veuille pas, mais je n'ai pas pu trouver le temps. Je ne peux pas être à deux endroits à la fois.

J'ai essayé de passer un peu plus de temps avec Zeke, mais il choisit toujours sa maman plutôt que moi.

Je ne blâme pas le gamin, elle est un choix bien plus joli.

Elle sait toujours comment le faire rire.

J'adore son rire. Ça me fait même penser qu'un jour, peut-être, nous pourrions avoir un enfant à nous, un petit frère ou une petite sœur pour Zeke.

Mais pas tout de suite.

Après l'université.

Quand nous serons tous les deux prêts pour ce genre d'engagement.

Le mariage, c'est déjà assez pour plonger tête baissée alors que nous ne sommes pas prêts.

Mais je le fais pour *elle*.

À chaque instant, je pense à Harper, et je me demande si je peux vraiment les protéger, elle et Zeke, de mon père et du monde extérieur.

Je suis peut-être même en train de tomber amoureux d'elle, mais je n'en suis pas sûr.

Je n'ai jamais vraiment été amoureux.

J'ai désiré des filles, mais l'amour, je ne peux pas dire que je sais à cent pour cent ce que c'est.

Mais je peux affirmer avec certitude que je suis dans les premiers stades de l'amour. Que sans

Harper, je me sens vide. Et que même si je suis terriblement nerveux à propos de notre mariage aujourd'hui, je sais sans l'ombre d'un doute que je fais ce qu'il faut.

Je dois les protéger, elle et Zeke.

Je jette un coup d'œil à mon téléphone. Le dernier message de Harper date d'hier soir, quand elle m'a écrit :

Bonne nuit. À demain.

C'est un message simple. Il y avait même un emoji cœur, ce qui m'a fait sourire parce que cette fille a le don de faire s'envoler mon cœur.

L'amour, cependant, je n'en suis pas sûr.

Je suis définitivement en train de tomber amoureux d'elle.

Sans aucun doute, je suis heureux qu'elle soit la fille que je vais épouser. S'il devait y avoir quelqu'un, je préfère que ce soit Harper.

Je me force à sortir du lit, sachant que la journée va être longue. J'espère qu'elle sera bonne.

J'envoie un message à Harper. Elle est probablement occupée avec Zeke ce matin, ou si elle a de la chance, elle dort encore.

J'ai hâte de te voir, ma petite femme.

J'appuie sur envoyer et regrette ensuite d'avoir choisi *ma petite femme.*

Je la taquine.

Je suis joueur.

J'espère qu'elle le prendra comme ça et ne sera pas nerveuse.

C'est trop tard, le message est déjà envoyé.

Il n'y a pas encore d'accusé de réception, alors j'enfile un survêtement et un t-shirt et je descends pour prendre le petit déjeuner et le café dont j'ai tant besoin.

Je n'ai pas vraiment besoin de cette dose de caféine avec la façon dont mon cœur galope déjà, mais c'est quelque chose de familier que je recherche, et sans Harper ici ce matin, il va falloir que ça suffise.

Ashton a passé la nuit dernière ici, et même si j'aimerais le détester pour avoir essayé de voler ma petite amie, je suis plus en colère contre Dante.

Mon meilleur ami n'aurait jamais suggéré d'épouser Harper si Dante ne lui avait pas donné cet ordre, et Ashton est tout ce qu'il y a de plus respectueux de la hiérarchie.

Eh bien, que Dante aille se faire foutre.

C'est moi qui épouse Harper.

Hier soir, Ashton m'a proposé de m'emmener dans un club de strip-tease pour mon enterrement de vie de garçon, mais l'idée d'une femme inconnue en train de se frotter contre moi et de danser de façon provocante n'a éveillé aucun désir.

Sauf si cette fille est Harper, mais Kensley a passé la nuit chez mes parents aussi, et il n'y avait aucune chance que Harper se pointe pour me faire une danse sur les genoux et un strip-tease.

Alors, nous avons passé la soirée à glander, boire et échanger des histoires.

Moreno et Dante nous ont rejoints pour boire des bières vers neuf heures hier soir, l'ambiance était bien plus joyeuse que ce à quoi je m'attendais avec ces deux-là.

Et même si j'aurais adoré me faufiler derrière Dante et lui trancher la gorge pour avoir foutu en l'air ma vie amoureuse, je lui accorde le mérite de réellement se soucier de moi.

Je suppose qu'il y a une première fois à tout.

Mais c'était hier soir, et maintenant la maison est relativement calme alors que le soleil se lève à l'horizon.

Faire la grasse matinée était impossible ce matin, pas avec les pensées du mariage et de Harper qui défilaient dans mon esprit.

J'ai laissé mon téléphone à l'étage sur le lit. Si Harper m'envoie un message, je ne le verrai pas.

L'angoisse est comme une pierre énorme dans

mon estomac, inquiet que quelque chose puisse lui arriver sur le chemin.

Je voudrais aller la chercher, la conduire jusqu'ici, savoir qu'elle est en sécurité, mais elle a insisté pour qu'on ne se voie pas jusqu'à ce qu'on marche vers l'autel.

Je déteste qu'elle soit superstitieuse, mais ce ne sont que quelques heures avant que nous soyons mariés.

M. et Mme Ricci.

Elle va prendre mon nom de famille.

Cette pensée fait battre mon cœur plus vite.

Je me verse une tasse de café, et Ashton arrive en titubant dans le couloir vers la cuisine.

— Salut, marmonne Ashton, à moitié endormi.

Il a l'air dans le même état que moi, comme s'il n'avait pas assez dormi.

Je n'ai pas cessé de faire des rêves sur le mariage, sur Zeke, sur Harper, et la mafia. J'ai eu l'impression de ne pas dormir du tout, mais je suis sûr d'avoir réussi à fermer l'œil quelques heures.

Je sirote mon café et me décale pour qu'Ashton puisse se prendre une tasse.

— Tu sais si les parents de Harper seront au mariage ? demande Ashton.

Je fronce les sourcils, ne comprenant pas pourquoi il me pose cette question sur ses parents.

— Je ne suis pas sûr. Je ne pense pas qu'elle le sache non plus. Elle m'a mentionné l'autre soir qu'elle leur avait laissé un message, mais ils ne l'ont pas rappelée.

— Ils n'ont pas répondu à l'invitation ? demande-t-il.

Je me frotte la nuque.

— Maman s'est occupée des réponses, alors je ne sais pas.

— Ta mère a planifié ton mariage ? sourit Ashton en se versant une tasse de café. Wow. Tu es vraiment un fils à maman.

— Je vais te tuer !

Je grogne en me jetant vers lui, et Dante surgit de la cave et tourne au coin dans la cuisine. À sa tête, il m'a clairement entendu.

— Tu ne le feras pas, dit Dante comme si c'était une évidence. Vous deux devriez bien vous entendre.

Il passe un bras autour de mon épaule et l'autre autour de celle d'Ashton.

Je jure que mon père considère de plus en plus Ashton comme un fils. C'est probablement pour ça qu'il a suggéré qu'Ashton épouse Harper.

Mes épaules se tendent sous son bras. Tout cela est contre nature.

— Ça va être une sacrée journée cet après-midi avec le mariage. J'ai hâte d'y être, dit Dante, et un sourire narquois traverse son visage.

Je suis sûr qu'il est impatient, à l'idée qu'Ashton épouse Harper à ma place.

Que Dante aille se faire foutre.

Je force un sourire, ne lui laissant pas savoir que je suis parfaitement conscient de son petit plan sournois. Je préfère voir son expression d'horreur quand Harper et moi échangerons nos vœux.

Je serai fou de joie, rien que pour contrarier mon père.

Ashton semble légèrement consterné et pose sa tasse qu'il vient de remplir sur le comptoir. Au moins je sais qu'il n'a pas dit à mon père qu'il m'avait révélé son secret.

Dante ne serait pas si indulgent. C'est probablement la raison pour laquelle Ashton gardera sa bouche fermée. Il est assez intelligent pour savoir qu'il ne faut pas énerver le chef, surtout le matin du mariage de son fils.

Dante force un sourire avant de quitter la cuisine.

— Restez loin des problèmes, vous deux, et on ne tue personne avant le mariage.

Ashton marmonne quelque chose qui ressemble à une menace envers Dante, ce qui me surprend énormément, mais peut-être qu'il me maudit encore pour l'avoir menacé.

Je l'ignore tout en sirotant mon café et je le regarde prendre sa tasse et la vider dans l'évier.

— Ça va aller, dis-je en fixant Ashton.

— Ouais, eh bien, je viens de perdre l'appétit, grommelle-t-il.

Je sirote mon café, le surplus d'adrénaline me garde alerte après une nuit difficile sans Harper à mes côtés.

Je n'ai jamais réalisé à quel point je pourrais dépendre de quelqu'un d'autre, et je n'ose pas l'admettre, mais je suis complètement amoureux d'elle.

Il y a des choses bien pires dans ce monde que d'aimer la personne qu'on est sur le point d'épouser.

Je suis habillé en smoking à l'insistance de mon père. J'aurais été très bien avec un simple costume pour le mariage. Le smoking est un peu contraignant. Ça n'aide pas que j'ai dû donner mes mesures, mais que je ne l'ai pas vraiment essayé avant aujourd'hui.

Il me va, mieux que je ne le pensais, mais ça ne veut pas dire que je suis à l'aise dedans pour autant.

Ashton me tient compagnie pendant que je jette un coup d'œil à mon téléphone portable, encore une fois.

— Toujours rien de Harper, dis-je.

Mon estomac fait ce mouvement de culbute, et je desserre le nœud papillon, qui m'étouffe.

J'ai besoin de respirer.

Je me précipite vers une fenêtre pour l'ouvrir et laisser la froide brise de février entrer dans la pièce.

— Donne-moi ça, dit Ashton en me prenant mon téléphone.

— Et si elle essaie de me joindre ?

Je le fusille du regard et je tends la main vers mon téléphone qu'il cache derrière son dos.

— Je suis sûr qu'elle est déjà là, probablement en train de mettre sa robe ou de se faire maquiller.

Ashton est la voix de la raison.

Il nous reste moins d'une heure avant de devoir marcher vers l'autel.

— Tu peux aller vérifier, s'il te plaît ?

Je suis rongé par l'inquiétude.

Je n'ai pas entendu un seul mot de Zeke. Il n'a même pas fait irruption dans la pièce pour jouer sa propre version de cache-cache.

Quoique Harper l'en empêche probablement après ce dont elle a été témoin sous le toit de mes parents.

— Ouais, reste juste ici. Ok ? me dit Ashton.

Je hoche la tête en mordillant ma lèvre inférieure avec inquiétude.

Ma chambre donne sur la cour, ce qui signifie que je ne peux même pas voir quand Harper arriverait, pas qu'elle ait une voiture.

Elle a insisté pour prendre le bus.

J'aurais dû la conduire, au diable les superstitions idiotes. Au moins, je saurais qu'elle est en sécurité.

Ashton est parti depuis un moment.

Trop longtemps si à mon avis.

Ça me laisse avec trop de pensées, et il a toujours mon téléphone, donc je ne peux même pas lui envoyer un message pour lui dire que je suis inquiet puisque je n'ai pas de nouvelles d'elle.

Je grimace. Je ne veux pas être contrôlant et oppressant, comme Dante. J'ai juré que je ne deviendrais jamais mon père, que je n'aurais jamais d'enfants, que je ne me marierais jamais.

En fixant mon reflet dans le miroir, j'ai peur de l'homme que je deviens.

Cinq minutes se transforment en dix.

J'ai envie de retourner toute la propriété pour chercher Harper, mais il me faut une grande retenue pour rester dans ma chambre. Si elle se promène dans la maison, je ne veux pas la croiser.

Enfin, si, mais j'essaie de respecter ses souhaits.

Je regarde l'horloge. Ça fait près de vingt minutes qu'Ashton est parti chercher Harper.

Ce rocher dans mon estomac se transforme en un énorme bloc.

Ashton n'est pas revenu, mais peut-être qu'il aide Harper avec Zeke. Je n'imagine pas que le petit soit ravi de rester immobile assez longtemps pour enfiler des vêtements chics.

Il y a un léger coup à la porte.

— Entre.

Silencieusement, je prie pour que ce soit Harper.

La poignée tourne et Kensley se glisse dans ma chambre. Elle porte une robe violet foncé avec une bordure en dentelle noire le long de l'ourlet. La robe lui va bien, et le fait qu'elle soit là signifie que Harper doit l'être aussi, puisqu'elles sont venues ensemble en bus.

Je pousse un soupir de soulagement.

— Tu es là.

Parce que si Kensley est là, alors Harper doit être en train de se préparer, cachée dans une autre chambre, probablement celle de ma mère, occupée avec les derniers préparatifs pour marcher vers l'autel.

— Je suis là, répond Kensley.

Ses yeux brillent, mais j'ai l'impression qu'elle retient quelque chose.

Elle a un bout de papier plié dans les mains.

— Ce sont les vœux ?

Je jette un coup d'œil à ses mains, me demandant pourquoi elle les a, à moins qu'elle ne les garde pour Harper pour qu'ils ne soient pas perdus ou oubliés.

— Je peux les voir ?

Je sais que je ne devrais pas, mais je n'ai pas écrit de vœux. Ce n'est pas quelque chose dont nous avons parlé, mais à vingt minutes du début du mariage, je commence lentement à paniquer.

Honnêtement, j'ai paniqué toute la matinée, inquiet pour Harper.

Mais voir Kensley a apaisé ces craintes.

— Tu as écrit des vœux ? demande Kensley en gardant le papier dans ses mains.

Elle ne me le donne pas.

Je ne peux pas dire que je suis surpris. C'est la meilleure amie de Harper. Elle ferait n'importe quoi pour elle.

Les papillons nerveux sont de retour, mais au moins le rocher semble s'être considérablement réduit.

— Je suppose que j'aurais dû. Est-ce que je peux y jeter un coup d'œil ?

Kensley s'avance davantage dans la pièce et s'appuie contre la commode en me regardant avec un léger sourire.

— Pourquoi est-ce que tu épouses ma meilleure amie ? me demande-t-elle.

Elle penche la tête sur le côté, attendant ma réponse.

On va vraiment faire ça maintenant ?

— Parce que je l'aime, dis-je, et les mots sonnent bien plus convaincants que je ne le réalise moi-même.

Je l'aime vraiment – du moins c'est le début de l'amour – mais je ferais n'importe quoi pour Harper, et n'est-ce pas cela, l'amour ?

Il y a tellement de choses que je ne peux pas dire à Kensley.

Ashton ouvre la porte à la volée ; il semble assez énervé puis lance un regard noir à Kensley.

— Tu es là ?

— Bien sûr, c'est le mariage de ma meilleure amie, dit-elle avant de jeter un coup d'œil à l'horloge derrière moi.

Quelque chose semble... *anormal*.

Ashton ferme la porte derrière lui avec force et traverse la pièce droit vers Kensley.

— Où est Harper, bordel ?

Elle grimace et tend le bras pour me donner la feuille de papier pliée.

— Ce ne sont pas tes vœux, dit-elle en effleurant ma main. Mais tu vas peut-être vouloir le lire seul.

— Tu ne vas nulle part, dis-je en arrachant la page de sa main et en la dépliant rapidement.

C'est définitivement son écriture. Je la reconnais de toutes les notes qu'elle prend en cours, ce qui fait encore plus souffrir mon cœur.

La mâchoire serrée, je respire par le nez pour essayer de ne pas m'effondrer, parce que peu importe ce que contient ce mot, ça ne peut pas être bon. Personne n'écrit une lettre d'amour à son partenaire le jour de son mariage, à moins que ce ne soient ses vœux.

Et ce ne sont certainement pas les vœux de mariage de Harper.

Luca,

Je suis désolée. Pardonne-moi pour tout, s'il te plaît. Je n'ai jamais voulu te faire de mal. Mais je ne peux pas t'épouser. Pas aujourd'hui. Pas quand tu ne m'aimes pas, ni Zeke. Nous forcer à nous marier est une erreur. Nous savons tous les deux que la seule raison pour laquelle tu as accepté était de me protéger. C'est à mon tour de te protéger. S'il te plaît, ne me poursuis pas. Laisse-moi partir. Je te libère.

Harper

L'air s'échappe de mes poumons, et heureusement que le lit est derrière moi quand je m'effondre. Je lis la lettre une fois, deux fois, trois fois.

— Putain, elle m'a quitté.

À suivre...

Découvrez ce qui se passe ensuite dans *Entre feu et gel* (Série *Glace rouge sang* – Tome trois).

Une trahison brûlante. Une vengeance glaciale.

Une romance qui n'aurait jamais dû exister...

Nova a toujours été hors-limites – Luca l'a clairement fait comprendre à chaque joueur de l'équipe. Sa petite sœur. Ses règles.

Mais Ashton Rinaldi semble s'en moquer… et l'étincelle entre eux est déjà en train de brûler sans contrôle.

Et ce n'est pas le seul secret gardé de Luca…

Liam a passé ce semestre plongé dans le hockey, il s'entraîne plus dur, il va plus loin, déterminé à forger son propre avenir. Mais quand Luca lui demande une faveur, tout change.

Parce que Bristol Greyson est de retour.

La fille du passé de Liam, celle qui est mêlée à chaque erreur qu'il a juré d'oublier. Et son père, Kyler Greyson, est maintenant propriétaire des Dragons de la Glace de la NHL.

Luca veut être présenté.

Les sélections de la NHL approchent.

Mais Luca est-il prêt pour la pression ?

Entre feu et glace, les loyautés se fracturent, les secrets fondent, et le désir menace de tout consumer sur son passage.

A PROPOS DE L'AUTEUR

Willow Fox aime écrire depuis qu'elle est au lycée (il y a bien longtemps). Ses romances de petite ville reflètent la vie dans une petite ville de l'Amérique rurale.

Qu'elle écrive des romances ou qu'elle s'assoie près d'un feu de camp pour lire un bon livre, Willow aime la magie des mots écrits.

Elle rêve d'être transportée et espère le faire pour ses lecteurs !

Visitez son site Web à l'adresse suivante : https://authorwillowfox.com

AUSSI PAR WILLOW FOX

Aigle Tactique

Révélation : Jaxson

Furtif : Mason

Dissimuler : Lincoln

Clandestine : Jayden

Mariages Mafieux

Vœu Secret

Vœu Captif

Vœu Sauvage

Vœu Non Consenti

Vœu Impitoyable

Frères Bratva

Boss Brutal

Boss Vicieux

Boss Possessif

Boss Obsessif

Boss Dangereux

Père, célibataire et autoritaire

Le Milliardaire Grincheux

Grincheux des montagnes

Le Célibataire Grincheux

Ice Dragons Hockey Romance

Faux-semblants avec le Milliardaire

Défier le Joueur de Hockey

Faire Arrêter Le Joueur De Hockey

Glace rouge sang

Entre lames et sang

Entre glace et serments

Entre feu et gel